E-den

ISBN 2-84420-418-X

Loi n° 49-956 du 16 juillet 1949 sur les publications destinées à la jeunesse
Maquette : Bärbel Müllbacher

# E-den

**Mikaël Ollivier**
**Raymond Clarinard**

**Roman**

Illustration de couverture
de Claude Cachin

EDITIONS
THIERRY
MAGNIER

Alternant les romans pour la jeunesse et pour les adultes, les scénarios pour la télévision et le cinéma, les polars, les comédies, les récits intimistes ou futuristes, Mikaël Ollivier, plus qu'écrivain, se dit raconteur d'histoires.

Journaliste et traducteur à l'hebdomadaire *Courrier International*, Raymond Clarinard, passionné de littérature fantastique, invente des mondes et des récits depuis qu'il est enfant.

Ensemble, ils ont publié leur premier roman de science-fiction en 1997 aux éditions Fleuve Noir.

**Mikaël Ollivier**

Littérature jeunesse :

*Celui qui n'aimait pas lire*, éd. De la Martinière jeunesse (coll. Confessions), 2004.

Aux éditions Thierry Magnier

*Un secret de famille*, réédition en 2006.

*Le Grand Mystère* (coll. Petite Poche), 2006.

*Frères de Sang*, réédition, 2006. (Prix Roman Jeune 2004 à Laval ; Prix Fiction Noire 2004 ; Prix Romanphile 2004 ; Prix des collèges du Territoire de Belfort 2004)

« Longue vie à Monsieur Moustache », pour le collectif de nouvelles *Nouvelles vertes*, 2005.

*Jack est là* (coll. Petite Poche), 2005.

*Sous le même signe* (coll. Roman), 2005.

*Peau de lapin* (coll. Petite Poche), 2004.

*T'es un grand garçon maintenant* (coll. Petite Poche), 2003.

*Mange tes pâtes !* (coll. Petite Poche), 2003.

*Star-crossed lovers* (coll. Roman), 2002. (Prix du roman miroir 2003 ; Prix J'ai lu J'élis 2004 ; Prix de la ville de Bruxelles 2004, PrixFarniente 2005)

*Vivement jeudi !* (coll. Petite Poche), 2002. (Prix Le Livre élu en Livradois-Forez 2004)

*Tu sais quoi ?* (coll. Roman), 2002. (Prix Festilivres 2003 ; Prix du Festival du livre jeunesse de Cherbourg 2003)

*Premier de la classe* (album, avec Martin Veyron), 2001.

*La Vie, en gros* (coll. Roman), 2001. (16 prix littéraires, dont le Prix des Incorruptibles 2002 – Porté à l'écran)

*Papa est à la maison* (coll. Roman), 2000. (Prix de l'Esterel 2001)

Littérature adulte :

*Apprendre à marcher aux enfants*, éd. Les Trois Rives, 2006.

*Maldonne*, éd. Albin Michel, 2006.

*L'Inhumaine Nuit des nuits*, éd. Albin Michel, 2004.

*La Fièvre bâtisseuse*, éd. Thierry Magnier, 2003.

*Bruce Frederick Springsteen*, avec Hugues Barrière, éd. Le Castor Astral, 2003.

*Trois souris aveugles*, éd. Albin Michel, 2002. (Prix Polar 2003 – Porté à l'écran sous le titre *Une souris verte*)

**Raymond Clarinard**

*Tu sais ce qu'elle te dit la marine française ?*, éd. Héloïse d'Ormesson, 2006.

*Le Rêveur orbital*, éd. Florent Massot, 2004.

*Kosovo : les batailles de l'information*, avec Julien Collette, éd. L'Harmattan, 1999.

*La Cité sans mémoire*, éd. Fleuve Noir, 1998.

*L'Ombre de Mars*, éd. Fleuve Noir, 1997.

*E-den* a reçu

le Prix de la *Nouvelle Revue pédagogique* 2004
le Prix de la ville de Cherbourg-Octeville 2005
le Prix Sésame 2005
le Prix Livre d'Or des jeunes lecteurs Valenciennois 2005
le Prix du printemps des lecteurs 2005 à Narbonne
le Prix Dunois 2005 à Chateaudun
le Prix François Rabelais 2005 à Cloyes-sur-Loire
le Prix l'Été du livre à Metz 2005

À Darya, Madeleine et Camille

# Prologue

Comme tous les matins, le ciel d'un bleu parfait s'étend au-dessus des collines d'Evergreen et de la Whale Bay, la baie des Baleines. Et comme tous les matins, Mel se tient sur la terrasse du dernier étage de leur maison. Car même s'il est encore un peu tôt, elle ne voudrait manquer le spectacle pour rien au monde.

Sur la gauche, les hauteurs verdoyantes partent à l'infini, parsemées d'autres demeures qui dominent la baie. Sur la droite, une route serpente jusqu'à la ville que Mel ne peut pas voir depuis la terrasse.

Le vent, doux et chaud, se lève, poussant devant lui un vol paisible d'oies sauvages qui décrivent un grand cercle au-dessus de la mer avant de filer vers l'intérieur des terres. Accoudée à la rambarde, la jeune fille prend une profonde inspiration, goûtant l'air légèrement salin mélangé au parfum des sous-bois.

Au large, vert et doré, le petit archipel des Funny Islands somnole sous le soleil. Le parc d'attractions qui s'étale sur les îles et les ponts qui les relient ne sont pas encore ouverts. La nuit, au plus fort de son activité, Mel adore en contempler les jeux de lumière sur la baie. Mais le matin, c'est autre chose qu'elle attend. Une chose qui ne va plus tarder.

La jeune fille n'a pas encore pris son petit déjeuner, mais elle sait que sa mère se chargera de le lui préparer dès son retour de la ville. Elle peut donc rester tranquillement sur sa terrasse à admirer la mer. Tout à l'heure, elle ira peut-être se baigner sur leur plage privée, située en contrebas, où sa mère la rejoindra avec un pique-nique. Puis elles iront ensemble faire les boutiques. Sa mère adore ça. Ensuite, soirée cinéma et papotage…

Un long sifflement aigu monte soudain de la baie et le cœur de Mel fait un petit bond de plaisir. Elles arrivent, ponctuelles chaque matin, venant chanter pour elle.

Ce ne sont d'abord que des sillages, à peine des ombres sous la surface. Mel les compte. Cinq aujourd'hui. Elles sont parfois plus, parfois moins, mais toujours là à la même heure. Alors, un premier dos émerge lentement des eaux calmes, scintillant de gouttelettes, avant de replonger. Puis un autre, et encore un autre… Le ballet commence.

Les baleines s'accompagnent de leur chant, roulant et tournoyant dans la mer pour le seul plaisir de Mel. Bien sûr, la jeune fille se doute que les habitants des autres grandes villas doivent en profiter aussi, mais au plus profond de son être, elle sait que les baleines ne sont là que pour elle. La mélodie monte, sifflements et vibrations mêlés en un concert dont elle ne se lasse jamais. Enfin, une des baleines, sans doute la plus jeune, jaillit tout entière de l'eau avant de retomber avec fracas dans une explosion d'écume. C'est le final.

Satisfaite, Mel les regarde plonger et s'éloigner vers la haute mer. Demain, elles seront là, et la jeune fille ne manquera pas le rendez-vous sur sa terrasse. Un instant, Mel se dit qu'un jour elle les suivra dans les flots. Mais un coup de Klaxon la tire de ses rêveries et elle se rappelle qu'elle a faim. Elle porte son regard vers la route et aperçoit la décapotable rouge de sa mère qui revient des courses, aussi ponctuelle que les baleines.

Encore une journée idéale. Mais de cela non plus, Mel ne se lasse pas.

# 1

**Goran – 07/04**

Ça tient à quoi, la vie ? Ce soir, j'aurais dû être en Bretagne, et je suis à Paris, dans ma chambre, les yeux ouverts dans le noir. Je pense à elle. À Mel. J'ai l'impression de ne plus être le même que ce matin, la sensation que ce que j'attendais sans vraiment le savoir depuis toujours vient de se produire.

Avec papa, on a quitté la maison à 9 heures. Je faisais la tête dans la voiture, pour la forme, alors qu'en fait, j'étais excité comme un pou.

– Arrête de faire la gueule, Goran ! a soupiré mon père.

– Je fais pas la gueule !

– T'as pas dit un mot depuis qu'on est partis. Tu crois que ça m'amuse, moi, de n'avoir que quatre jours de vacances ?

– T'avais promis qu'on passerait les deux semaines ensemble.

– Je sais. Et je t'assure que je préférerais passer

quinze jours en Bretagne avec mon père, ma mère et mon fils plutôt que…

Il a laissé sa phrase en suspens, dans un soupir.

– C'est quoi, cette fois ? j'ai demandé.

– Un squat, à Barcelone. Douze overdoses.

– Du PulpX ?

– Ouais. C'était des gosses. La plupart avaient ton âge. Ça me rend malade de savoir que ça pourrait être toi…

Aucun risque. Quand on est le fils de Serge Poiret, l'un des agents fédéraux les plus réputés du Bureau d'investigation et de lutte contre les stupéfiants, la drogue, on ne risque pas d'y toucher. Toute mon enfance, je n'ai entendu parler que d'overdoses, de gamins retrouvés morts dans des terrains vagues, de dealers jetés en prison, d'héroïne, de crack, de PulpX et de Thrills…

On venait d'arriver sur la huit-voies quand la circulation s'est brutalement ralentie.

– Qu'est-ce qui se passe, encore ? a dit mon père.

– On dirait une manif, là-bas.

Effectivement, près du péage, je croyais distinguer des banderoles et des piétons.

– Ça me rappelle ma jeunesse, a lâché papa. À l'époque, les voitures n'étaient pas encore encodées. Il fallait s'arrêter pour prendre un ticket à l'entrée de l'autoroute, et payer à la sortie. À chaque départ en vacances, c'était la même chose : embouteillage au péage de Saint-Arnoult, et à Rennes trois heures plus tard.

– Trois heures !

– Oui. Les voitures pouvaient rouler beaucoup

plus vite que maintenant. Ton grand-père faisait toujours du 150.

– Whaou !

– En trois heures et demie on était à Dinard.

Petit à petit, on a fini par se rapprocher de la barrière de péage. C'était bien une manifestation qui ralentissait la circulation. Encore un rassemblement contre l'utilisation de l'essence pour les voitures. Il était de notoriété publique que des moteurs non polluants existaient depuis des décennies mais que les gouvernements avaient décidé d'utiliser les dernières réserves naturelles de pétrole pour une question de gros sous. Le prix des voitures électriques était artificiellement maintenu si haut que presque personne ne pouvait se les payer. À part les voitures officielles, les bus, les ambulances et les véhicules de fonction comme celui de papa, tout le monde était contraint de rouler au pétrole. Avec mon ami Péri, on avait lancé une pétition sur l'Intranet de l'Éducation européenne. On avait déjà récolté plus d'un million et demi de signatures électroniques en faveur de la suppression des moteurs à essence.

Enfin, la route s'est ouverte devant nous. Dans cinq heures nous serions à Dinard. Papa a rentré l'itinéraire préenregistré dans l'ordinateur, a enclenché l'automatique, et est passé à l'arrière pour faire un somme. Il était rentré très tard du bureau, la veille au soir… ou plutôt très tôt ce matin.

À peine a-t-il fermé les yeux que sa radio de bord s'est mise à crachoter :

– Serge… Serge pour Norah !

Mon père s'est redressé en soupirant :

– Quoi ? Je te signale que je suis en vacances depuis… cinq heures et quarante-trois minutes.

– Dans tes rêves ! a répondu Norah à l'autre bout du fil.

– Qu'est-ce qui se passe, encore ?

– Un code rouge.

– Quoi ?

– Tu es attendu au domicile de Maxime Gréhant.

– Gréhant ! C'est une blague ?

– Oh non ! C'est le branle-bas de combat, ici. C'est du sérieux, Serge. Je t'envoie l'adresse.

Mon père est repassé à l'avant, furieux. Je ne savais pas ce qui se passait, sinon que mes quatre jours de vacances avec papa étaient foutus. J'allais, une fois de plus, avoir droit à la Bretagne en solo.

– Maxime Gréhant, j'ai dit, c'est bien le…

– Lui-même ! a répondu mon père d'une voix tendue. LE Maxime Gréhant. Peut-être notre futur gouverneur de France.

– Alors Dinard…

– On oublie Dinard. Code rouge, Goran. Je suis désolé, mais on fait demi-tour.

– On ?

– Pas le temps de te déposer.

Je n'ai pas pu m'empêcher de sourire. J'adore la Bretagne, j'adore mes grands-parents malgré leurs goûts ringards en musique, mais même si ça me forçait à rester à Paris, ce que je voulais avant tout, c'était être avec mon père.

– Appelle à Dinard pour les prévenir, tu veux bien ? m'a demandé papa. Ils ne doivent pas encore être partis pour le restaurant, à cette heure-là.

– C'est pas réservé aux appels professionnels ?

– J'étais pas censé partir en vacances ?

Papa est repassé en manuel et s'est engouffré dans la première sortie qui s'est présentée. Papi et mamie étaient sur répondeur :

« *Vous êtes bien chez Claire et Benjamin Poiret, laissez un message après le signal sonore ou essayez de nous joindre au restaurant du Moulinet, en composant le...* »

Trois quarts d'heure plus tard, on se garait en bas du 52, avenue Foch. Pile poil quand la pluie a commencé à tomber.

– Attends-moi dans la voiture. Ça ne devrait pas être long.

Mon père a couru jusqu'à la porte de l'immeuble sans pour autant parvenir à échapper aux trombes d'eau qui se déversaient du ciel jaune sale.

Une demi-heure plus tard, comme toujours à la saison des pluies, l'averse avait cessé aussi brusquement qu'elle avait commencé et le bitume était déjà sec. J'avais eu le temps de faire cinq fois le tour des stations de radio et je ne tenais plus en place. Je suis sorti et me suis avancé vers la vigile qui était en faction devant l'immeuble.

– Je suis le fils de l'agent Poiret. Il vient de m'appeler sur la radio de la voiture. Il veut que je le rejoigne.

La vigile m'a laissé passer sans problème, et au troisième étage, j'ai enfin trouvé une porte entrouverte. Je suis entré dans un appartement luxueux sur la pointe des pieds. Des médecins et des policiers en uniforme ou en civil s'y agitaient, tellement occupés que personne ne fit attention à moi. J'ai même aperçu Norah qui passait un coup de téléphone dans un bureau. Je me suis avancé sans bruit dans un couloir qui menait à une porte grande ouverte. Plus j'avançais, mieux j'entendais les voix de deux hommes en train de parler. L'un d'eux était mon père, et j'ai rapidement reconnu la voix de l'autre pour l'avoir si souvent entendue à la télé : Maxime Gréhant, le célèbre politicien.

– Mel a eu seize ans la semaine dernière, disait-il à mon père. Évidemment, j'étais à l'autre bout du monde ! Elle m'en a beaucoup voulu de ne pas être là pour son anniversaire… Mélanie supporte très mal la mort de sa mère.

– Votre épouse est décédée il y a deux ans, c'est bien cela ? a demandé mon père.

Je n'ai pas entendu la réponse car, par la porte ouverte, j'ai découvert une silhouette allongée sur un lit. Pâle, mince et si belle. Baignée d'un halo blanc, éclairée par une lumière plongeante dans laquelle dansaient des millions de particules de poussière, telles des lucioles microscopiques. Mélanie, Mel, comme dans un rêve. Dans *mon* rêve. La révélation, soudaine, du sens que je cherchais à ma vie ?

# 2

**Serge – 07/04**

La dernière fois que j'ai réussi à partir en vacances avec mon gosse, je crois bien que j'étais encore marié. Depuis… Depuis, à chaque fois, quelque chose m'en a empêché : un squat lessivé par une nouvelle saleté à Prague, une bande de dealers qui règle ses comptes à l'explosif à Stockholm, une surveillance trop pointue à Chartres. Mais jamais rien d'aussi pressant qu'aujourd'hui.

Maxime Gréhant me regardait d'un sale air. De l'air de dire que j'avais intérêt à rapidement trouver des solutions.

– Oui, monsieur Poiret, mon épouse est décédée dans un accident de voiture il y a deux ans, mais je ne vois pas en quoi cela vous concerne.

Maxime Gréhant, chef de file du parti libéral au Parlement européen, président de la Commission d'armistice internationale sur les conflits urbains en Amérique, sans compter quelques autres titres que j'ai oubliés, n'était pas du genre courtois. On n'a pas le temps d'être aimable quand on est candidat au poste de gouverneur de France, dernière étape avant la présidence de la Fédération européenne. Pourtant, c'est lui qui avait demandé que je m'occupe de l'affaire. Sans doute parce que j'étais le meilleur dans ma partie. Je fais simplement mon boulot du mieux possible. Mais les désirs de « M. le Président », comme on l'appelle dans son entourage, étant des ordres, ma hiérarchie n'avait pas hésité une seule seconde à me sucrer mes vacances.

– Votre fille est seule, la plupart du temps ?

En guise de réponse, je n'obtins qu'un nouveau regard noir. Mais cela me suffit : bien sûr que sa fille, Mélanie, passait ses journées seule. Ou en tout cas sans lui. Plus de mère, un père absent, et trop d'argent : combinaison classique, hélas, dans mon métier. Sans mauvais jeu de mots, la petite s'ennuyait à mourir dans sa vie de luxe. Sauf qu'elle n'était pas morte. En overdose, mais pas morte.

Elle était là, allongée sur le lit. Plutôt mignonne, d'ailleurs. Une jolie « Belle au bois dormant » seulement un peu trop importante à mon goût. Et pourtant une victime comme les autres, telle que j'en croisais si souvent. Et à peine plus âgée que Goran.

Norah, mon équipière, était déjà en train de s'occuper des formalités de transfert. On avait une gamine dans le coma et il nous fallait des examens complets, un suivi médical constant, de préférence en isolement. Rien de trop difficile à obtenir vu l'identité du père.

Mes relations avec ce dernier ont bien failli

tourner rapidement au vinaigre. Je venais tout juste de faire ramasser la pisto-seringue par nos légistes quand la voix de Gréhant, cassante, m'a obligé à me retourner.

– Qu'est-ce que c'est que ça ?

Il regardait vers la porte de la chambre de sa fille, et je l'ai imité. Goran ! Goran était là ! Je n'ai pas eu le temps de me demander comment il s'était débrouillé pour se faufiler jusqu'à l'appartement de Gréhant car ce dernier était furieux, évidemment. Tout en expliquant sans grand succès mes histoires de vacances ratées, j'ai appelé Norah pour qu'elle raccompagne immédiatement Goran à la voiture et qu'elle y reste avec lui jusqu'à mon arrivée.

Après avoir calmé Gréhant en l'assurant que je ne lâcherai pas l'affaire d'une semelle, nous sommes rentrés, Norah, Goran et moi.

Pendant un temps, sans un mot, on a suivi l'ambulance où l'on venait d'embarquer Mélanie et son père. Puis on a bifurqué. La petite, j'irai la voir demain. Si c'est ce que je pense qui l'a mise dans cet état, elle ne pourra pas rester à Paris.

Dans la voiture, Norah a finalement essayé de faire la conversation. Sans succès. Je ne m'étais pas fâché contre lui, mais Goran n'a pas desserré les dents de tout le chemin du retour. Comme s'il était ailleurs. J'ai toujours essayé de protéger mon fils contre ce que mon métier me donnait à voir de plus sordide du monde, et j'étais choqué qu'il ait assisté au spectacle de cette môme pâle comme la mort, à la renverse sur son lit. J'ai bien essayé de le rassurer en lui disant que Mélanie n'était pas morte et qu'on arriverait bien à la tirer de là, mais je ne crois même pas qu'il m'ait entendu.

C'est la mort dans l'âme, quelques minutes plus tard, que je l'ai laissé à la maison et que j'ai mis le cap sur le commissariat central avec Norah. Gentiment, elle m'a garanti que Goran surmonterait le coup parce qu'il était solide. Sûr qu'il est solide, mon gamin. Depuis que sa mère est partie, jamais il n'a craqué, pas une bêtise... Quelques moments difficiles peut-être, mais trois fois rien par rapport à pas mal d'ados de quinze ans que je connais. De mon côté, malgré mon boulot de dingue, j'essaie d'être avec lui le plus souvent possible. Mais cette fois, avec Mlle Mélanie Gréhant sur les bras et son cher père sur le dos, je ne sais pas quand je pourrai espérer trouver du temps pour mon fils.

En attendant, me voilà seul dans mon bureau. Norah est rentrée chez elle après avoir épluché tous les dossiers qu'elle pouvait trouver. Une seule certitude : ce qui a plongé Mélanie dans le coma, ce n'est ni du PulpX ni des Thrills. En général, avec ces pourritures, le voyage est radical. Pas de coma, juste le noir définitif. Donc, c'est autre chose, comme je le pensais. Cette autre chose dont on commence à entendre parler depuis quelques semaines et qui risque fort de devenir l'une des priorités de la police maintenant que la fille d'un grand ponte est concernée.

D'après ce que Norah a découvert, il y a déjà eu une dizaine de cas similaires. Officiellement ! Il y en a sûrement plus, en réalité. Il faudra attendre les résultats du labo, bien sûr.

Il est tard. Je suis fatigué et un peu déprimé. Je pense à mon Goran qui est seul à la maison. Peut-être dort-il déjà ? Ou, plus probablement, ronge-t-il son ennui en zappant ?

Je ne dénicherai rien d'autre cette nuit. Je vais rentrer.

Dehors, les immeubles brillent de mille feux. Dans la ville, les gens continuent de s'agiter, de s'amuser, de courir partout.

Demain, j'ai intérêt à trouver un moyen de sortir la Belle au bois dormant de son sommeil artificiel. Mais je crains que le baiser d'un prince charmant n'y suffise pas...

# 3

**Goran – 10/04**

C'est bien la première fois que je passe des vacances seul à Paris. Papa fait de brèves apparitions, mais il est complètement débordé avec l'affaire Gréhant. Il rentre rarement avant minuit et part souvent quand je dors encore. La journée, Mme Bin Son vient faire un peu de ménage ou m'aider à l'heure des repas. Je l'aime bien, même si en ce moment je préférerais être seul. Le soir, elle travaille dans un petit restaurant juste en bas de notre immeuble, et ça fait trois ans qu'elle nous aide à la maison. Depuis le départ de maman et notre aménagement avenue des Gobelins, en plein cœur du quartier chinois.

Je viens de terminer les ha-kao qu'elle m'a montés. Ils sont délicieux, bien que je n'ai pas eu le courage de les faire réchauffer. Depuis quatre jours, je n'ai de courage pour rien. Je tourne en rond, je cherche en vain un sens à mes journées. Le soleil, la pluie, les gens qui me parlent… tout me semble lointain et étranger. Papa a insisté pour que je parte malgré tout à Dinard mais je n'ai pas voulu. Je crois que je n'aurais pas supporté de me retrouver face à la splendeur de la mer. J'aurais sombré dans les profondeurs du gouffre qui s'est creusé en moi depuis que j'ai vu Mel.

L'image de son visage si pâle hante chacune de mes pensées. Celle de son corps allongé dans la lumière rend amères les secondes qui s'écoulent et s'étirent telles des heures. C'est comme si j'avais la fièvre, une maladie inconnue qui alourdirait mon corps, me donnerait des courbatures, et en même temps aiguiserait douloureusement mes sens. Est-ce que c'est ça, l'amour ? Cette chose dont tout le monde parle et que j'étais si impatient de connaître ? Moi qui croyais que c'était bon…

Aujourd'hui encore, je n'ai rien fait d'autre que de regarder la télé. Et encore, regarder est un grand mot ! Disons que j'ai passé ma journée vautré dans le canapé face au mur d'images, le pouce en perpétuel mouvement sur la télécommande. Rien n'arrivait à vraiment attirer mon attention. Même pas les images de ma mère en train de présenter les pubs. Je n'aime pas sa nouvelle coiffure, ni son nouveau nez. Et puis les yeux bleus ne lui vont pas du tout. On a les yeux marron dans la famille, qu'est-ce qu'il y a de mal à ça ? Je la préférais avant, quand elle était seulement ma mère, et pas une vedette de la télé.

Comme d'habitude, je suis resté scotché un moment devant *RIP TV* et ses clips nécrologiques. Cette chaîne est tellement nulle qu'elle en devient fascinante. Comment les gens peuvent-ils payer pour qu'on diffuse un montage des photos de leurs morts, de leurs films de mariage, de baptême, de noces d'or ? Souvent, ils demandent à ce qu'on mette en fond la chanson préférée du défunt, ou alors un poème lu par l'un de ses enfants. Les plus riches peuvent s'offrir la retransmission en direct de l'enterrement ou participer au talk-show *Life Goes On* [1] pour parler du ou de la disparue. Et puis il y a toujours ce slogan, au moment des coupures de pub : *Have a great obituary, with* Rest In Peace TV [2]. Quand je pense que cette merde fait l'une des meilleures audiences des deux cent soixante-quinze chaînes du réseau !

Loin cependant derrière *Euro Live*, ma préférée. Même ce soir, j'ai bien passé une heure à la regarder sans zapper. J'adore voir ces images de caméras de surveillance en direct des grandes villes d'Europe. Ce qui est excitant, c'est qu'il peut toujours se passer quelque chose.

Une fois, ils diffusaient les vues du périphérique de Milan, en Italie, et soudain, une voiture a déboîté. En un instant, il y avait dix voitures les unes dans les autres, de la fumée, du verre pilé partout. J'en avais fait un bond sur le canapé, le cœur battant à cent à l'heure. Ça se passait au même moment, en Italie, et je l'avais vécu comme si j'y étais, en direct à la télé.

Ce soir, alors qu'ils diffusaient des images des quartiers chauds de Munich où il ne se passait rien, le commentateur est intervenu pour dire qu'on allait

1. La vie continue.
2. Offrez-vous la plus belle des nécrologies, avec *Repose En Paix TV.*

immédiatement à Marseille où une attaque à main armée venait de débuter. Et en une seconde, Munich a laissé la place aux caméras de surveillance d'un supermarché dans lequel trois types cagoulés, flingues à la main, menaçaient la caisse principale. Une minute plus tard, des plans d'hélicoptère montraient la police qui cernait le secteur. C'était mieux que n'importe quel film puisque c'était vrai, et en direct. La police a donné l'assaut au bout de vingt minutes, juste après les pubs. Ils ont abattu deux des voleurs et ont arrêté le troisième. Le commentateur en a perdu sa voix tellement il a crié au moment où les troupes d'assaut ont commencé à tirer dans le tas. Eh bien, même ça, ça m'a à peine fait plus d'effet qu'une vieille sitcom islandaise. J'ai zappé une fois de plus, mais cette fois, je suis tombé sur un programme qui m'a fait me dresser sur mes pieds : Maxime Gréhant, en plein discours électoral.

Sur fond de drapeaux européen et français, entrecoupé par des images de jeunes dans des squats, de parents éplorés, de gamins à l'hôpital, d'autres à la morgue, il déversait son discours à la manière d'un grand acteur :

« … chaque jour de nouveaux jeunes cèdent à la tentation. C'est le résultat de vingt-cinq années de complaisance, de démagogie, de lâcheté. C'est le prix que nous fait payer le laxisme honteux des différents pantins qui se sont succédé à la tête de notre pays. Cette fois, il est temps de prendre le taureau par les cornes. Il est temps de confier le pouvoir à un homme de confiance, un homme à poigne ! Les dealers sont à nos portes, à *vos* portes ! De nouvelles drogues naissent chaque jour, plus séduisantes, plus dures, plus dangereuses, plus mortelles. Ne faites pas l'erreur de penser que ça n'arrive qu'aux autres. Cette fois, il s'agit de *vos* enfants... »

En l'écoutant, je revoyais Mel sur son lit, inconsciente et superbe. C'est alors que le téléphone a sonné, me sortant brusquement de mes songes. J'ai sélectionné *phone* sur la télécommande, et en surimpression dans un coin de l'image de Gréhant est apparue celle de Péri. J'ai accepté la communication, et le visage souriant de mon ami s'est affiché sur toute la largeur du mur.

– Eh ben, qu'est-ce que tu fous chez toi ?

– Finalement, on n'est pas partis en Bretagne.

– Je sais, j'ai essayé de t'appeler là-bas, et j'ai eu ton grand-père. Qu'est-ce qui se passe ?

– Le boulot de mon père.

– Et t'es seul à Paris depuis tout ce temps sans m'avoir passé un coup de fil ?

– Ouais... J'étais... J'avais besoin de réfléchir.

– À quoi ?

– Rien de spécial. J'avais juste besoin d'être seul.

– Sympa ! Dis-le, si je te dérange !

– Mais non... Je suis même très content que tu aies appelé.

– On se voit ce week-end ?

– Heu... Ouais ! Pourquoi pas ?

Soudain, j'avais vraiment envie de voir Péri et de lui raconter pour Mel. Ça sert à quoi, sinon, les amis ? Surtout que Péri, dans la catégorie, il était vraiment le meilleur.

# 4

**Serge – 11/04**

Je m'enfonce, c'est tout ce que je peux dire. Je suis là, dans ma chambre d'hôtel à Berlin, et je repense à ma conversation avec Goran. Une conversation où j'aurais sûrement dû me montrer plus malin. Enfin… moins distant, je ne sais pas. Mais j'ai tellement de trucs sur les bras…

Je suis arrivé à Berlin aujourd'hui à midi, après trois heures de train. Juste le temps de faire un point avec Norah pendant le voyage. Les stups allemands nous avaient appelés le matin même : ils avaient trouvé un squat dont les six occupants, des jeunes d'une vingtaine d'années, étaient dans le coma…

Évidemment, Norah et moi, on a sauté sur l'occasion. Encore cette nouvelle saloperie. Et six d'un coup. Quand l'Inter Federal Express est arrivé en vue de la Neu-Anhalter Bahnhof, l'immense gare internationale située en banlieue ouest de la capitale allemande, nous avions eu le temps de réfléchir aux questions que nous comptions poser à nos collègues du coin.

Nous avons été accueillis par le patron de la brigade des stups allemande, un colosse jovial qui nous a fêtés comme si nous étions de vieux amis. C'est vrai que j'ai déjà travaillé avec lui, en particulier sur l'affaire Warsteiner de sinistre mémoire, et que, personnellement, je préférerais oublier.

Après être passés à l'hôtel, situé en plein cœur du nouveau Berlin administratif et financier, nous nous sommes directement rendus au commissariat central. Là, on nous a montré les pisto-seringues et le bric-à-brac retrouvé dans le squat. Rien de bien neuf, en vérité. Des objets de récupération. Les victimes, quatre gars et deux filles, vivaient de petits trafics. Tout ce que savaient nos collègues allemands, c'était que la bande avait fait un gros coup quelques jours auparavant. Mais l'argent qu'ils avaient empoché, ils l'avaient immédiatement dépensé, sans doute pour se procurer ce qui leur avait garanti un aller simple pour le pays des rêves.

– Vu le fric qu'ils ont claqué, ça doit coûter très cher, ce truc, m'a dit Norah.

Dans leur coin, les Allemands discutaient entre eux. Nous ne comprenions rien, mais ils sont rapidement repassés à l'anglais :

– Ce n'est pas la première fois qu'ils effectuaient ce genre de transaction, m'a expliqué le colosse avec un bon sourire. En fait, ça faisait un moment qu'on les avait à l'œil, avec la police criminelle.

Cambriolages, braquages informatiques à partir de cybercafés en délicatesse avec la justice, de quoi récupérer de l'argent facile en grande quantité, qu'ils dépensaient presque aussitôt.

– Ces derniers temps, ils ont augmenté la fréquence de leurs coups, a continué l'Allemand.

– Ils étaient en manque, de plus en plus en manque… ai-je commenté.

On a donc bien affaire à une drogue classique, qui crée un phénomène de dépendance. La seule différence, c'est cette overdose qui prend la forme d'un coma. Les victimes présentent les mêmes symptômes : fonctions vitales intactes. Il faut les placer sous assistance respiratoire et alimentaire. Mais les encéphalogrammes restent désespérément plats. Les corps sont bien là, mais l'esprit, lui, est aux abonnés absents.

Nous avons passé le reste de la journée à ausculter les indices dont nous disposions. Sans grand résultat. Les Allemands ont promis d'enquêter sur les receleurs qui étaient en contact avec la bande. Puis ils ont insisté pour nous emmener au restaurant.

Nous avons dîné dans une sympathique *Bierstube*[1], au pied d'un des immenses immeubles de verre et d'acier du centre-ville. Mais malgré la bière, excellente, j'avais la tête ailleurs. Je ne pensais qu'à rentrer à l'hôtel pour appeler mon fils.

Ce que je n'ai réussi à faire qu'en fin de soirée. Norah, elle, est repartie pour Paris après le repas. Elle a du boulot là-bas. Il faut qu'elle recoupe toutes les informations acquises à Berlin avec nos propres

1. Brasserie.

dossiers. La pauvre. Cette affaire ne fait que commencer, mais elle accuse déjà le coup. Elle est visiblement épuisée. Il faudra que je pense à lui accorder deux ou trois jours, qu'elle puisse souffler.

Donc, tout à l'heure, j'ai appelé la maison depuis le VisioNet de ma chambre.

– Goran ? C'est papa. Ça roule ?

– Ouais…

En fait, ça n'avait vraiment pas l'air de rouler, mais je n'ai pas voulu insister.

– Madame Bin Son est passée ?

– T'inquiète, ouais…

– Je reviens dès que je peux, tu sais, mais ici…

– Ouais, ouais, Norah m'a dit…

Cette chère Norah. Elle avait contacté Goran depuis le train sans même que je lui demande de le faire.

– Écoute, mon grand, je me disais… Ça serait peut-être mieux si t'allais passer quelques jours chez ta mère…

Je savais ce qu'il allait dire, mais il fallait bien que j'essaie.

– Pas question !

– Goran…

– P'pa, déconne pas ! D'abord, elle a sûrement pas le temps !… Et puis, moi, à Stockholm, je m'emmerde…

– Prends pas ça comme ça, tu sais bien que tu comptes beaucoup pour elle…

À vrai dire, j'étais le premier à penser le contraire. Le juge aussi, d'ailleurs. Sinon, jamais il ne m'aurait laissé la garde de mon fils, avec mon modeste salaire.

Ce n'est pas que Katrina, mon ex-femme, s'en foute ! Non, elle a juste toujours mieux à faire que de s'occuper de Goran. Sa carrière, c'est le maître mot.

– Quand même, j'ai continué, il est sympa, Pedro…

Pedro, sympa ? Il y a vraiment des fois où je ferais mieux de me taire…

# 5

**Goran – 11/04**

Pourquoi les parents nous prennent-ils toujours pour des imbéciles ? Qu'est-ce qu'il croit, mon père ? Que je ne suis pas capable de regarder les choses en face ? Que j'ai besoin qu'on me rassure en me disant que malgré tout, ma mère m'aime et qu'elle pense à moi ? Eh bien non. Moi, je préfère la vérité. Il n'est pas sympa, Pedro. Il est stupide, prétentieux, vulgaire, égoïste, et c'est pour lui que ma mère nous a plantés. Pour un réalisateur de pubs, pour son fric, son appartement avec piscine panoramique en plein centre de Stockholm, sa grosse bagnole, ses fêtes privées, et surtout pour le poste de star de la télé qu'il lui offrait sur un plateau, avec à la clé un petit passage par le cabinet du chirurgien esthétique le plus cher d'Europe. Voilà ce que je brûlais de balancer à la figure de mon père.

Je ne savais pas combien de temps j'étais resté silencieux à ruminer ma colère, mais assez pour que papa fasse vraiment une drôle de tête, tout seul face au VisioNet de sa chambre d'hôtel. Derrière lui, je pouvais apercevoir les gratte-ciel de Berlin qui étaient si souvent utilisés comme décor pour le cinéma. Surtout la tour E.C., en forme de bouteille d'*European Cola*. La dernière fois que je l'avais vue, elle avait explosé à la fin de *Berlin Under Attack*, la dernière nullité d'Eurollywood, avec Leonardo DiCaprio Junior dans le rôle du président de la Fédération européenne qui sauve le monde libre en prenant les commandes d'un chasseur militaire. Navrant.

– Goran ? a soudain dit mon père.

– Ouais !

– Ça va ? Tu ne dis plus rien !

– Ça va… Est-ce que Péri peut venir passer le week-end à la maison ?

– Péri ? Oui, bien sûr.

– Tu rentres quand ?

– Lundi soir, a répondu mon père.

– D'accord.

Il y a eu un instant de silence, puis :

– Tu me manques, tu sais.

– Toi aussi, p'pa.

– Je t'appelle demain.

– OK. Oublie pas d'envoyer un mail aux parents de Péri, pour le week-end.

– Je m'en occupe immédiatement.

La communication a coupé, et soudain, je me suis senti très seul. J'avais l'impression que c'était pareil pour papa, dans sa chambre d'hôtel, et j'étais content de n'avoir finalement rien dit sur ma mère et son abruti de Pedro. Il a déjà bien assez de soucis, mon père.

# 6

**Goran – 13/04**

D'habitude, quand je passe le week-end avec Péri, que ce soit chez lui où chez moi, on ne met pas le nez dehors. Mais là, le dimanche matin, j'ai eu envie qu'on marche un peu.

Le samedi, on s'était gavés des recettes de Mme Bin Son, de films, de musique, j'avais explosé Péri sur ICPro, les nouveaux casques de VR [1] dernière génération que ma mère et Pedro m'avaient offerts pour Noël (de temps en temps, ça a quand même des avantages d'avoir une mère qui part avec un abruti plein de fric !), et j'avais envie d'air frais. Surtout, je n'avais pas encore trouvé l'occasion de parler à Péri du seul sujet qui occupait chacun de mes neurones.

On était donc dimanche, journée sans voitures, à Paris. La saison des alertes de pollution approchait,

1. Virtual Reality : Réalité virtuelle.

et en prévision, le vent artificiel soufflait doucement dans les rues son air parfumé. Le fond sonore des ventilateurs remplaçait agréablement celui des voitures, et le ciel était presque bleu. Il faisait chaud, j'avais envie de verdure, et on a mis le cap, à pied, sur le jardin du Luxembourg. Une patrouille de contrôle d'identité nous a arrêtés avenue du Port-Royal. Elle était exclusivement composée de jeunes femmes à qui nous avons tendu nos autorisations de circulation zone 3. Elles nous ont souhaité une bonne matinée avec de grands sourires qui ont fait rougir Péri jusqu'à la racine des cheveux. Enfin, quand on a repris notre chemin, il m'a posé la question que j'attendais depuis la veille :

– Il bosse sur quoi, ton père, en ce moment ?

Péri s'est toujours intéressé de près au travail de papa. Visiblement, ça le fascine qu'il soit flic, surtout dans les stups. J'avais enfin le prétexte que j'attendais pour parler de Mel.

– Il a trouvé une fille dans le coma. En overdose, mais pas morte. Un truc bizarre.

Péri a fait une drôle de tête. On aurait dit que cette nouvelle lui faisait un choc.

– Je crois qu'il s'agit d'une nouvelle drogue, j'ai continué. T'as pas entendu parler de quelque chose comme ça ?

Iannis, le frère de Péri, est en troisième année d'école de journalisme, et il prépare sa thèse sur les nouvelles délinquances et les réseaux de trafiquants de stupéfiants. Plusieurs fois, j'avais proposé à Péri de lui faire rencontrer mon père pour l'aider dans ses recherches, mais il avait toujours refusé en disant qu'il fallait qu'il se débrouille seul s'il voulait devenir grand reporter.

– Dans le coma ! a répété Péri avec une voix un peu bizarre.

– Ouais. Je l'ai vue. Allongée, blanche comme une morte. Elle s'appelle Mel. Enfin… Mélanie, mais on dit Mel.

– Et quoi ?

– Rien. Je peux pas te dire qui c'est. Top secret.

– Arrête de te la jouer, tu veux ! Alors, c'est qui ?

– Mélanie Gréhant. La fille de…

– Maxime Gréhant ?

– Oui. Du coup, c'est la panique. Code rouge dans toutes les brigades d'Europe.

Péri a froncé les sourcils et on a franchi les grilles du jardin du Luxembourg sans un mot. Sur un banc, il y avait trois filles du lycée qui profitaient que les agents de sécurité soient à l'autre bout du parc pour fumer en cachette. En passant devant elles, je n'ai pas pu me retenir de rentrer mon ventre, et j'ai soudain pensé que ce matin, j'avais oublié de prendre mon cocktail de pilules. Obésité, hypertension artérielle et myopie, mes tendances génétiques détectées à la naissance et régulées depuis par la prise quotidienne d'une gélule rouge et d'une autre bleue. Près du bassin, des gosses jouaient avec des Ekranoplanes radioguidés, des adultes passaient en courant, un filtre antipollution sur le nez, et d'autres lisaient tranquillement sur les chaises publiques.

Décidément, Péri était bien pensif depuis que je lui avais parlé de l'enquête de mon père. J'étais sûr que Iannis avait déjà évoqué des cas semblables, mais il était toujours très discret quand il s'agissait de son frère. En fait, il aimait savoir ce que faisait mon père, mais ne me confiait jamais rien sur les recherches de Iannis. Je m'en fichais complètement, d'habitude. Mais c'était avant que Mel ne soit entrée dans ma vie…

# 7

**Serge – 14/04**

Au moins, j'ai passé une bonne soirée avec mon fils.

Je suis rentré de Berlin ce matin et je l'ai appelé dès que je me suis retrouvé au bureau. Je n'aime pas passer mes coups de fil depuis le train, on n'y est jamais tranquille. Et donc, j'ai proposé à Goran de sortir au restau ce soir avec Norah.

La journée a filé comme une lettre à la poste. Au bureau, on était censés faire le point sur ce qu'on avait déjà sur l'affaire. Ça a été rapide, hélas. On ne dispose que d'une vingtaine de cas de comas, plus deux ou trois morts suspectes que l'on doit pouvoir rattacher à l'ensemble dès que les résultats des divers labos auront été rentrés dans nos ordis.

J'espère en revanche que le fait que la fille d'un politicien influent ait consommé de cette cochonnerie va nous donner les moyens, pour une fois, de tuer une nouvelle drogue dans l'œuf, au lieu d'attendre que sa propagation ait pris des proportions incontrôlables pour se décider à agir.

On en était à se lamenter sur la maigreur de ces indices quand Norah m'a jeté un drôle de coup d'œil.

– Serge ?

– Quoi ?

J'ai levé la tête et je l'ai regardée. Ses grands yeux noirs me dévisageaient curieusement, presque craintivement.

– Tu sais, à propos de tout ça…

– Ouais…

– Il y aurait bien une solution…

– Une solution pour quoi ?

– Pour en savoir plus, Serge… a-t-elle lâché comme à contrecœur.

J'avais deviné où elle voulait en venir. Le spectre de l'affaire Warsteiner n'allait pas tarder à remontrer le bout de son vilain nez.

– Continue, j'ai fait, sur un ton qui voulait dire exactement le contraire.

Elle a baissé la tête, gênée.

– Sylvia…

Nous y étions. J'ai pris sur moi pour ne pas exploser mais je n'ai pas pu m'empêcher de répondre sèchement.

– Non. On n'a pas besoin d'elle. Et je ne veux plus en entendre parler. Vu ?

J'aurais pu en rajouter encore quelques couches, mais Norah avait compris avant même que je commence. Elle a un peu plus plongé sur son clavier, sans rien dire, et on est restés là un moment, comme deux imbéciles, à ne plus oser ouvrir la bouche.

Le soir, apparemment, tout était oublié. Sauf pour moi qui me sentais encore minable d'avoir réagi aussi viscéralement à la proposition de mon équipière.

J'ai emmené Norah et Goran dans leur sushi-bar préféré, juste au coin de la rue en bas de chez nous. Goran s'est assis entre elle et moi, et on a discuté de tout et de rien. Mon fils m'a paru un peu contracté en début de soirée mais il a fini par se détendre grâce à Norah. Je ne sais pas si c'est parce qu'elle a une bonne dizaine d'années de moins que moi, mais elle sait beaucoup mieux y faire avec Goran. Des fois, on dirait même qu'ils sont frère et sœur !...

Sous nos trois nez, les sushis de banane plantain et de filet de bison mariné défilaient sur le tapis roulant du comptoir en disputant leur espace vital aux plus traditionnels pâtés de riz au poisson cru. Nous pillions le convoi de petits plats avec une efficacité méthodique qui n'allait pas tarder à se montrer redoutable pour mon compte en banque, vu que les assiettes sont rarement copieuses et qu'il faut les payer à l'unité. Mais j'étais tellement bien, et cela pour la première fois depuis le début de cette affaire, que je n'allais pas chicaner pour un trop-plein de sushis exotiques.

La soirée est passée trop vite, et une fois dehors, sur le trottoir, j'ai bien compris que Goran et Norah voulaient faire durer le plaisir. J'étais crevé et je savais ce qu'ils allaient dire. Quelques mètres plus bas dans l'avenue des Gobelins, un VRCafé dernier cri venait de s'ouvrir. On pouvait y pratiquer des jeux de rôles en immersion totale. Il n'y avait pas mieux comme expérience de réalité virtuelle. Norah adore ça, et mon Goran, bien sûr, brûlait d'y mettre les pieds, sauf que c'était interdit à un mineur non accompagné.

J'ai résisté pour le principe. Pas bien longtemps. Par contre, j'ai décliné leur proposition de me joindre à eux, ce qui, soit dit en passant, n'a pas eu l'air de trop les chagriner ! Je redoute un peu ces trucs de VR. Quelque part, l'idée de payer pour échapper momentanément à la vraie vie me rappelle un peu trop le boulot…

Je leur ai fait promettre de ne pas perdre l'heure de vue et je suis rentré tout seul, en m'efforçant de ne pas repenser plus d'une fois par seconde à ce prénom qu'avait prononcé Norah. Sylvia…

Ce n'est pas cette nuit-là que j'ai retrouvé le sommeil.

# 8

**Goran – 21/04**

On perd vite l'habitude de se lever tôt le matin pour aller au lycée. Deux semaines de vacances et la machine est rouillée.

Il était 7 h 30 quand, embué de sommeil, je suis entré au radar dans la cuisine.

– Je t'attendais, m'a dit mon père en levant le nez de son bol de café.

– Qu'est-ce que j'ai fait ? j'ai répondu aussitôt, sur la défensive.

Mon père a souri.

– Rien ! Je t'attendais seulement pour qu'on déjeune ensemble !

Je me suis senti bête d'avoir réagi avec une telle agressivité, et je me suis assis lourdement sur la chaise qui faisait face à celle de mon père en me grattant la tête et en bâillant.

– On ne se voit pas souvent, en ce moment, a continué mon père, alors je me suis dit que le bureau pouvait bien attendre une demi-heure de plus !

Sans me lever, du bout des bras, j'ai sorti le jus d'orange du frigo et me suis envoyé d'un trait ma pilule rouge et ma pilule bleue.

– Ça me fait penser que j'ai oublié les miennes ! a lancé papa en se levant pour aller chercher sa boîte à médicaments dans un placard.

En le regardant faire, une fois de plus, j'ai ressenti un malaise à l'idée que mon père devrait déjà être mort sans le cocktail qu'il prend tous les jours depuis son vingtième anniversaire. Quatre-vingt-douze pour cent de chances d'infarctus avant la quarantaine détectées dans une simple séquence ADN. Et moi, qui, sans ma bleue et ma rouge, devrait être obèse, myope et hypertendu ! Ces dépistages génétiques, qui, depuis peu, sont obligatoires dès le premier trimestre de la grossesse, sont à la fois formidables et terrifiants. Des fois, je comprends les opposants à ces tests, mon grand-père en tête, surtout depuis que les pilules ont été remplacées par une modification d'ADN intra-utérine ! Papi, à soixante-sept ans, avec ses 115 kilos et sans avoir jamais pris une pilule de sa vie, est un pied de nez vivant à la face des partisans de la modification génétique humaine.

Mon père a fini son café en avalant sa pilule jaune. Ce matin, il n'avait pas l'air beaucoup mieux réveillé que moi. Je savais qu'il avait des problèmes de sommeil à cause de son boulot. Moi aussi, d'ailleurs. Plus les jours m'éloignaient de celui où j'avais vu Mel, plus son image m'obnubilait. Le soir, il suffisait que j'y pense au moment de m'endormir et j'étais bon pour deux heures de tango avec mon oreiller.

Ça faisait longtemps que je ne m'étais pas donné le temps d'observer mon père de près, et pour la première fois, je vis qu'il avait pris un sacré coup de vieux. J'imagine qu'il devait penser la même chose de moi, maintenant que je le dépassais de cinq bons centimètres !

– Pourquoi tu fais ce travail ? je lui ai soudain demandé.

Papa m'a regardé d'un air étonné.

– Qu'est-ce que tu veux dire ?

– T'es mal payé, tu dors plus la nuit, tu te plains qu'on te donne pas les moyens de travailler correctement, t'arrêtes pas de dire que tu as l'impression de te battre contre des moulins… Alors pourquoi tu continues à faire ce boulot ?

Papa s'est laissé retomber sur sa chaise. Il a réfléchi, puis :

– Faut bien que quelqu'un le fasse, non ?

– C'est tout ?

Secrètement, j'ai toujours été très fier de lui. Secrètement, parce que ce n'est pas facile, par rapport aux copains, d'avoir un père agent fédéral. Mais quand j'étais gosse, je voyais en lui une sorte de héros de film, de justicier, qui partait chaque matin de la maison pour combattre les méchants. Ma mère, par contre, elle a zappé le côté héros, et n'a retenu que le salaire minable, les déplacements incessants et la pourriture du monde qui déteint sur le moral.

– On ne peut pas laisser circuler ces saletés de drogues sans lever le petit doigt ! a ajouté mon père.

Je ne dis pas que je rends le monde meilleur, mais… au moins, je fais ce que je peux pour qu'il ne soit pas pire !… Et puis je fais ça pour toi, aussi. Pour tes futurs enfants.

J'ai pris mon courage à deux mains pour poser, enfin, la question qui me brûlait les lèvres depuis des jours :

– Et t'en es où pour l'affaire de… de la fille du politicien ?

– Pas loin. On nage complètement. Enfin non, on avance, mais pas vite. On commence à recouper plusieurs affaires et à comprendre que le produit qui l'a mise dans cet état circule déjà depuis un moment, mais…

– Et elle ? Elle est…

– … toujours dans le coma.

– À l'hôpital ? j'ai poursuivi d'une voix moins assurée que je l'aurais voulu.

– Oui. À Bruxelles. On a réuni tous les cas similaires dans un même endroit, sous étroite surveillance médicale. Mais on n'arrive pas à comprendre comment fonctionne cette drogue. Au labo, ils n'ont rien trouvé dans les pisto-seringues. À première vue, ce qu'ils s'injectent dans les veines est parfaitement inoffensif. Un vrai mystère…

Toujours dans le coma… à Bruxelles… Les premières nouvelles concrètes sur Mel depuis deux semaines. J'en avais le cœur qui me tambourinait la boîte crânienne.

Trois heures plus tard, en cours d'histoire, je n'arrivais pas à écouter ce que nous racontait la vieille

Jourdan. Il faut dire aussi qu'on étudiait la conquête spatiale au XX^e siècle, un sujet que je connaissais par cœur. Et pour cause : après les manipulations génétiques et le vieux rap pourri dont il est fan, c'est l'autre cheval de bataille de mon grand-père qui ne décolère pas de voir qu'on n'a plus envoyé un seul être vivant dans l'espace depuis bientôt trente ans. Lui, dans sa jeunesse, il a connu les navettes, les fusées, les sondes d'exploration du système solaire, le rêve avorté d'une station orbitale internationale. Même, son propre père avait vu à la télé les premiers pas de l'homme sur la Lune ! Quand j'étais petit, il me racontait tout ça à longueur de temps, intarissable sur le sujet. Pour lui, l'abandon des recherches spatiales, le fait que les gouvernements se soient complètement détournés de l'espace, est un crime contre l'humanité. Et maintenant, la conquête spatiale est au programme de seconde, au même titre que les pyramides d'Égypte ou l'effondrement des États-Unis d'Amérique.

Bercé par la voix lointaine de ma prof d'histoire, je pensais à Mel, à ce que m'avait confié mon père, et à l'attitude bizarre de Péri au jardin du Luxembourg quand j'avais abordé le sujet. J'y avais déjà réfléchi plusieurs fois depuis, et j'étais certain qu'il me cachait quelque chose. Quelque chose en rapport avec Iannis, son frère. Et mon instinct me disait que c'était vers lui qu'il fallait se tourner pour en apprendre plus sur ce qui avait plongé Mel dans le coma.

Je me suis déconnecté du site sur lequel la classe était en train de travailler, et j'ai tapé *Iannis Paraschou* dans le moteur de recherche de l'annuaire en ligne.

Je connaissais bien Iannis. Il avait huit ans de plus que Péri et avait toujours été sympa avec moi. Il était à la fois très drôle et un peu inquiétant. Il dégageait une étonnante impression d'assurance, de confiance en soi. Il était un peu frimeur sur les bords, aussi. Mais bon, il adorait Péri, et pour moi, c'était la plus belle des qualités.

L'annuaire m'a donné sept adresses e-mail. J'ai choisi celle qui indiquait le même fournisseur d'accès que celui de Péri.

To : Yanis@europeancola.com.eu
From : go-ret@friserver.eu
Title : 1fo

---

*slt iannis,*

*pour 1 dossier au licé, je cherche dé 1fo sur 1 nvelle drogue ki plonge ds le coma en k d'OD. com c ton domaine, tu peux peut-être m'ai-d.*
*10 rien a Péri, je veux une meilleure note ke lui !* ☺☺
*5U d'avance,*
*GoraN*

# 9

**Serge – 23/04**

De temps en temps, il faudrait quand même que je pense à me coucher tôt.

Norah est partie vers 19 heures, et je me retrouve seul à cogiter en vain dans cette foutue tour de la police de Puteaux-Ouest. Mon fils est à la maison et moi, plutôt que de passer un moment à déprimer devant la télé, je reste ici... à déprimer devant mon ordinateur, le regard perdu sur les angles scintillants des géants de béton de la Grande-Défense.

À part le nombre des victimes, rien ne progresse dans cette enquête ! Depuis mon retour d'Allemagne, trois nouveaux cas ont été signalés : un paumé dans un hôtel louche de Lisbonne, une prostituée à Sarajevo et l'agent d'un groupe à la mode retrouvé en catalepsie dans sa suite à Budapest. Ce dernier nous posa d'ailleurs quelques problèmes : il a averti qu'il allait faire du bruit, ce qui ne serait pas bon pour nous. Si les journalistes débarquent en force, il va falloir leur raconter des bobards, que nous sommes sur une piste ou je ne sais pas trop quoi… Bref, leur donner un os à ronger, tout en priant pour qu'ils ne tombent pas par hasard sur la fille Gréhant. Dès que j'ai appris pour l'agent du guitariste, j'ai appelé Bruxelles pour que l'on renforce la sécurité autour du service où sont logés nos comateux.

Norah a raison, inutile de le nier. Et c'est bien ce qui m'ennuie. On risque de continuer à patauger pendant un moment alors que les victimes, les « légumes », comme les appellent déjà gentiment les collègues qui surveillent l'hôpital de Bruxelles, s'accumulent.

Oui, Norah a vu juste. Il y aurait bien une solution, une solution qui me trotte dans la tête depuis une semaine et qui a un nom : Sylvia. Sylvia Corso, scientifique de très haut niveau, probablement la meilleure dans son domaine. Et son domaine, à elle, c'étaient entre autres les drogues de synthèse en tout genre, mais de préférence les plus dures, les plus radicales, et celles qui rapportaient gros, très gros.

Sûr, la très belle, l'excellente Sylvia Corso aurait certainement son avis sur la question. En fait, si quelqu'un sait ce qu'est cette nouvelle saleté et d'où elle vient, ça ne peut être qu'elle. Il n'y a qu'un petit détail qui me chiffonne, et qui explique pourquoi j'ai si sèchement rembarré Norah l'autre jour : il est hors de question que je collabore avec cette folle. Plutôt crever ! La dernière fois que j'ai commis cette erreur, j'ai passé une année entière à ramasser mes morceaux pour les recoller.

C'est depuis que je travaille avec Norah. Depuis l'affaire Warsteiner durant laquelle le type vers qui

Sylvia nous avait orientés a descendu trois de mes collègues et a condamné un quatrième à la chaise roulante. Warsteiner, lui, je l'ai envoyé à la morgue. Quant à Sylvia, elle m'a échappé ce jour-là, mais elle s'est fait coincer un peu plus tard, par les Russes, qui voulaient sa peau pour une autre histoire, liée elle aussi à Warsteiner. C'est ça, Sylvia Corso. Elle court toujours plusieurs lièvres à la fois, la renarde.

Sauf que là, maintenant, elle moisit à l'ombre d'une sinistre forteresse où j'espère bien qu'elle a le loisir de repenser à toutes ses foutues manipulations !

Mais pourtant Norah a raison, mille fois raison. Seule Sylvia, bien au frais dans sa cellule, serait en mesure de m'aider à décrypter l'énigme de cette cochonnerie qui plonge ses victimes en catalepsie sans que l'on sache comment.

Pour ça, je n'aurais qu'à me rendre à Kaliningrad après avoir contacté les Russes. Une courte visite dans la forteresse, je vois Sylvia, je lui pose mes petites questions et je reviens dare-dare à la civilisation. Facile… Jamais de la vie ! Jamais je n'irai voir cette diablesse dans sa cage pour lui demander de m'aider ! Plutôt crever.

# 10

**Serge – 26/04**

Sanglé sur mon fauteuil dans le compartiment passager de l'*Orlyonok-3*, je serre les dents en attendant que ça passe. Si on m'avait dit un jour que je me retrouverais dans un de ces engins, à filer à quatre cents kilomètres à l'heure à une dizaine de mètres au-dessus de la surface de la mer Baltique, je crois bien que j'aurais rigolé.

Maintenant, en tout cas, je n'ai pas la moindre envie de rire. Dans le rugissement de ses puissantes tuyères, l'*Orlyonok-3* vient de virer brutalement sur l'aile droite, ce qui m'a donné la joie d'apercevoir, à quelques mètres à peine en dessous de nous, la surface couleur ardoise des vagues.

L'*Orlyonok-3* est un Ekranoplane. Une monstruosité qui est à la fois avion, bateau, et aucun des deux. Une spécialité russe, très pratique pour sillonner les mers intérieures ou presque fermées comme ce qui reste de la Caspienne, de la Baltique ou de la Méditerranée. Plus rapide que le bateau, plus économique que l'avion, capable de se poser sur n'importe quelle surface à peu près plane, une plage, une autoroute, capable aussi de s'arracher à plusieurs dizaines de mètres au-dessus de l'eau en cas de gros temps. Une vraie petite merveille.

Je déteste ces machins.

Ils puent – un atroce mélange de plastique, de cuir chauffé et de carburant –, ils font toujours un bruit du tonnerre et, surtout, ils secouent horriblement. Faut dire que je n'ai pas embarqué à bord de la version de luxe ! Non, moi, je suis assis dans l'étroit compartiment passager d'un *Orlyonok* de la police militaire de Kaliningrad. Alors, pour le confort, je repasserai. Pas d'hôtesse, de boissons fraîches et de cacahuètes. Juste deux costauds en uniformes verts, le crâne rasé et l'air aussi aimable que les flots gris de la Baltique. Et une poignée de fauteuils vides qui ressemblent à des coquilles noires. C'est tout juste si le port du casque n'est pas obligatoire !

Mais en fait, si je n'aime pas cet *Orlyonok*, ce n'est pas parce qu'il me chahute sans ménagement à une vitesse qui devrait être interdite si près de la surface d'une mer aussi froide. Non, si je ne l'aime pas, c'est parce qu'il est en train de me rapprocher seconde après seconde de la sinistre île de la Katorga. Et donc de Sylvia.

La Katorga. Je suis sûr que si Goran savait que je n'en suis plus qu'à quelques kilomètres, il serait surexcité. Quand il était gamin, il adorait le film *Escape from Katorga*, une histoire stupide de fier héros injustement incarcéré et qui finissait par s'évader pour que justice soit faite. N'importe quoi ! On ne s'évade pas de la Katorga.

Je crois que cette horreur a été construite il y a une bonne trentaine d'années. D'après ce que je sais, au départ, c'était une ancienne plate-forme d'extraction de gaz, ou autre chose du genre. Après avoir été abandonnée, elle a été récupérée par une entreprise russe spécialisée dans la sécurité, le gardiennage, l'une de ces activités qui ont le goût et la couleur de la police, mais qui n'en sont pas. Puis la boîte en question a commencé à louer ses locaux aux autorités de Moscou. Le principe était simple : l'ex-plate-forme avait été convertie en véritable forteresse ancrée au milieu des flots. Une prison idéale, exclusivement accessible, tant pis pour moi, en Ekranoplane. Une fois enfermé sur l'île artificielle, sous la garde de types armés jusqu'aux dents, de caméras et de robots, plus moyen de s'échapper, plus rien à faire que de purger sa peine.

L'*Orlyonok-3* vient de virer violemment sur l'autre bord. Je suis sûr que le pilote le fait exprès. Nous ne sommes plus très loin et, déjà, l'énorme silhouette, hérissée d'antennes et de radars de la prison-forteresse est visible de là où je suis. Elle se détache tel un monstre marin aux flancs obscurs léchés par l'écume sur un ciel d'un jaune apocalyptique.

L'administration de la Katorga est en grande partie russe, comme nombre de ses pensionnaires. Mais pas uniquement. Le système a paru si séduisant aux divers gouvernements de la planète qu'un accord a été passé entre la Fédération européenne et la Fédération de Russie. Pour une somme faramineuse, les hommes d'affaires qui dirigent ce cauchemar trois étoiles acceptent de s'occuper aussi des plus indésirables de nos citoyens, des criminels endurcis considérés irrécupérables et dont l'Europe préfère confier la garde à d'autres. Ce n'est pas très joli comme arrangement, mais tout le monde semble y trouver son compte. Sauf les détenus, j'imagine. Mais je n'ai qu'à penser à Sylvia, et subitement, l'horreur de ce système me paraît moins gênante.

L'Ekranoplane, ses turbines d'empennage hurlant, commence sa décélération. Déjà que ça secouait avant, là, ça devient carrément insupportable. Si ce monstre ne se pose pas bientôt, je ne suis pas sûr de pouvoir contrôler mon estomac très longtemps.

La Katorga se dresse maintenant à plusieurs dizaines de mètres au-dessus de nous, obscurcissant de ses arêtes sombres le teint jaunâtre du ciel crépusculaire. L'*Orlyonok-3* a amerri et ne va pas tarder à se stabiliser sur la plage de béton spécialement aménagée pour lui. Dans quelques minutes, je vais pouvoir sortir. Les dirigeants de la prison sont prévenus de mon arrivée, bien sûr, et tout est prêt pour mon entrevue avec Sylvia, m'a-t-on assuré. Tout est prêt, sauf moi.

# 11

**Goran – 26/04**

La réponse de Iannis est enfin venue :

To : go-ret@friserver.eu
From : Yanis@europeancola.com.eu
Title : ANS-1fo

---

*Goran,*

*Ça faisait longtemps. J'ai des infos pour toi. RDV aujourd'hui à 17: 00 sur*
*http//: dnt.forum-darknet/U4me/chat5267.hllv*
*Mon pseudo sera* Ferrylan
*Iannis*

Mon père est encore parti ce matin pour je ne sais où mais, vu la tête qu'il faisait, sans doute pour un endroit où il n'avait pas envie d'aller. J'ai vu Péri aussi et je n'ai pas aimé lui cacher que j'avais pris contact avec son frère. On est censés tout se dire, frères de sang, amis pour la vie, et j'avais l'impression de rompre ce serment à cause d'une fille que je n'avais vue qu'une fois et dont je ne savais rien. Après le ciné, je lui ai dit que je ne pouvais pas passer la soirée avec lui car je devais dîner avec ma mère, de passage à Paris. C'était faux, bien sûr. Ma mère était effectivement à Paris, mais je l'avais vue la veille. Une sale soirée, d'ailleurs. On n'a vraiment plus rien à se dire, tous les deux. Je déteste sa nouvelle vie, sa nouvelle tête, son nouveau boulot, son nouveau mec, et de son côté, elle ne peut pas s'empêcher de dire du mal de papa. On s'est séparés plutôt fâchés, et je suis rentré à la maison avec un vide dans le ventre. Ma mère me manque, mais pas la femme qu'elle est devenue.

J'ai couru après avoir quitté Péri devant le ciné pour ne pas être en retard à mon rendez-vous. Mme Bin Son était déjà à la maison. Le temps de l'embrasser, et je me suis connecté au forum à 16 h 59. À 17 heures, le pseudo de Iannis est apparu dans la liste. Je lui ai adressé un premier message :

– Goran : FerryIan > je suis là

– Ferryian : Goran > Slt. Rejoins-moi en chat privé

– Goran : FerryIan > OK

Dix secondes plus tard, notre « conversation » virtuelle pouvait reprendre sans témoins et en temps réel.

– Alors, Goran, qu'est-ce que tu veux savoir ?

– As-tu entendu parler de cas de drogués tombés dans le coma ?

– Oui. Pourquoi ça t'intéresse?

– Je t'ai dit: le lycée.

– Je ne te crois pas. Périclès m'en aurait parlé.

– OK. Je connais quelqu'un qui a une amie qui est dans le coma. Est-ce que c'est bien une drogue qui fait ça ?

– Plus ou moins. C'est une drogue, mais différente des autres. Inoffensive si tu l'utilises bien.

– Son nom ?

– Sans intérêt. Il y en a plusieurs. Pourquoi tu ne demandes pas à ton père plutôt qu'à moi ?

– Mon père ne sait pas grand-chose là-dessus.

– Normal. Ça ne concerne pas vraiment son domaine. Ce n'est pas une drogue au sens propre, mais plutôt un passage vers un monde meilleur.

– ???

– Ces gens qui sont dans le coma, en fait, ils vont très bien. Ils ont rejoint une sorte de communauté, un endroit paradisiaque où on peut se retrouver.

– Je comprends rien.

– C'est difficile à expliquer. Ceux qui prennent de cette substance se retrouvent ensemble quelque part. Un endroit où l'on vit vraiment, mais en mieux qu'ici.

– Ça veut dire que ces gens dans le coma vont bien ?

– Oui. Ils sont juste ailleurs.

– Et on peut les y retrouver ?

– Ça, je ne peux pas t'en parler ici. Ça t'intéresse vraiment ?

– Oui.

– Alors on se retrouve à Nanterre. La grande roue. À 20 h 30.

– J'y serai.

Bingo ! J'étais sûr que Iannis en savait long sur cette affaire. Il avait toujours été fouineur, en avance d'une étape, vaguement pirate, au courant de tous les trucs un peu louches… Il était vraiment à la fois très sympa et bizarre. Mon père, je ne sais pas pourquoi, ne l'a jamais aimé alors qu'il adore Péri.

Par le métro, je suis arrivé à Nanterre à 20 heures. Ça faisait bien deux ans que je n'y avais pas mis les pieds. Quand j'étais petit, mes parents m'y emmenaient au moins une fois par mois. C'est un endroit fascinant : des lumières partout, des stands de confiseries, des manèges, de la musique, des écrans vidéo, des arcades de VR… le plus grand parc d'attractions d'Europe, une ville entière de loisirs, surplombée par son fameux chemin des étoiles, fil de lumière tendu entre le mont Valérien et la plus haute tour de la Grande-Défense, une demi-heure de marche dans les airs pour seulement trente-cinq euros. Surtout, Nanterre était le dernier endroit où on pouvait manger de vraies frites, de vrais bâtons de pommes de terre plongées dans de l'huile bouillante. La Commission de surveillance de l'hygiène européenne faisait des pieds et des mains pour en interdire la vente, mais jusque-là, le Parlement français avait tenu bon. Et, en chemin pour la grande roue qui trônait à plus de deux cents mètres dans les airs, je m'en régalais d'un maxi cornet, me brûlant les doigts avec délice, savourant ce mélange unique de croquant, de gras et de sel.

Iannis est arrivé pile à l'heure. Sans un mot, il m'a entraîné dans une des navettes de la grande roue. Le temps de prendre une bonne inspiration, et nous étions plantés dans les nuages, dominant le parc mais aussi Paris et les feux tremblotants de sa banlieue, à perte de vue. Il faisait doux et l'averse de fin d'après-midi avait suffisamment nettoyé le ciel pour qu'on puisse deviner la lune, jaune et aux trois quarts pleine. C'était rare, à Paris, alors qu'à Dinard, depuis le jardin du restaurant de papi, on la voyait encore distinctement. Parfois, même, en hiver, par des nuits froides et sèches, on pouvait apercevoir quelques étoiles.

– Alors Goran, a lancé Iannis, tu cherches quoi, exactement ?

– Des renseignements, des…

– Arrête de mentir. Tu t'es adressé à la bonne personne, mais si tu continues à me dire des conneries, je me casse.

Il me regardait droit dans les yeux et j'ai eu la sensation d'une fine couche de givre qui se déposait partout à l'intérieur de moi.

– Tu veux rejoindre quelqu'un là-bas ?

– Heu…

– C'est facile et sans danger. Ça peut même être la plus belle expérience de ta vie.

– Mais… C'est une drogue, et…

– Oublie ce que tu sais sur la drogue. *Ça*, c'est autre chose. Tu veux la revoir, cette « amie d'un ami » ?

Je n'aimais pas trop l'ironie dont s'était subitement teintée la voix de Iannis, mais oui, je voulais revoir Mel. À n'importe quel prix.

– Pour toi, parce que tu es un ami, ça sera six cents euros. Tu me contactes quand tu as la somme et je te fournis un aller-retour pour le paradis. Mais attention : un seul mot sur notre accord à ton père, et j'arrête tout immédiatement.

La navette est repassée au niveau du sol et Iannis est parti sans rien ajouter. Je suis resté à bord pour un tour de plus, sous le choc. Six cents euros ! Comment voulait-il que je trouve une telle somme ?

En même temps, je venais d'apprendre que Mel était en vie quelque part et que Iannis pouvait m'aider à la rejoindre. Est-ce que ça avait un prix, ça ?

# 12

**Serge – 27/04**

Je vais passer ma deuxième nuit à la Katorga, dans la petite suite réservée aux invités de marque.

Hier soir, à peine débarqué, j'ai été accueilli par Komarov, le directeur, et une escouade de brutes en uniformes verts, d'énormes fusils-mitrailleurs à télémètres au poing, avec gilets pare-éclats, casques anatomiques qui les font ressembler à des hoplites en plastique, micros, systèmes d'acquisition de cibles et infrarouges intégrés, bottes lourdes antidérapantes, j'en passe et des meilleures. Beaux comme dans des films, mais infiniment plus vrais, et donc authentiquement dangereux. Il faut dire que quelques-uns des personnages hébergés dans l'île-prison sont carrément inquiétants, de véritables fous furieux, des sanguinaires, des malsains, des obscènes et des malades. Et si Sylvia se retrouve ici, ce n'est pas par hasard.

Après avoir suivi mon escorte dont le pas martial résonnait sur les murs en métal de longs couloirs aseptisés, nous nous sommes arrêtés devant une série de grilles d'acier gardées par des femmes, elles aussi cuirassées et casquées, qui nous ont pris en charge, Komarov et moi, tandis que les types, eux, restaient de l'autre côté des grilles.

Le quartier de haute sécurité du secteur féminin. Là où Sylvia est enfermée depuis qu'elle a réussi à massacrer une codétenue pendant la promenade. Je n'ai même pas cherché à savoir pourquoi.

Au fur et à mesure que l'on approchait de la salle d'interrogation – dans la Katorga il n'y a pas de parloir –, je sentais la sueur qui me dégoulinait dans le dos. C'était autant dû à l'atmosphère oppressante de l'endroit qu'à cette rencontre que j'appréhendais. Surtout que je n'étais pas encore remis de ma traversée.

Brutalement, le cortège a fait halte devant une lourde porte blindée flanquée de deux gardiennes en armes qui se sont entretenues en russe avec Komarov. Sur un signe de celui-ci, une des femmes a actionné l'ouverture automatique de la porte qui a coulissé dans un sifflement. Je suis entré seul, à contrecœur. Puis la porte s'est refermée derrière moi.

Je me trouvais dans une pièce dépourvue de fenêtres, aux murs, au plafond et au plancher peints en blanc. Au centre trônait une table noire dont les pieds étaient rivés au sol, un confortable fauteuil et… disons, un autre fauteuil, enfin, plutôt un siège, nettement moins accueillant. Visiblement raide, dur, orné de bracelets et d'attaches pour les chevilles. C'était là que Sylvia était assise.

Sanglée, immobile, tête baissée, cette femme que j'avais tant aimée des années auparavant était méconnaissable. Ils lui avaient coupé les cheveux, ses longs cheveux noirs dont elle était si fière étaient désormais réduits à l'état de bouclettes rebelles.

Ne sachant trop que faire, oubliant d'un seul coup tous les discours fermes que je m'étais répétés depuis mon départ de Paris, je n'ai pu que murmurer son prénom :

– Sylvia ?

Elle a levé la tête. Son visage était d'une pâleur mortelle. Une fine cicatrice, qu'elle n'avait pas la dernière fois que je l'avais vue, courait depuis le haut de sa tempe gauche jusqu'au milieu de la joue. Sa pommette droite était marbrée par un vilain bleu et sa lèvre inférieure saignait encore un peu. Peut-être n'avait-elle pas eu envie de venir voir son visiteur ? Elle m'a longuement considéré de son regard vert. Un instant, j'ai cru y deviner une étincelle d'amusement, puis ses grands yeux cernés se sont éteints. Elle a baissé la tête et je suis resté là, comme un idiot. Elle n'allait pas me parler maintenant.

Après un dîner un peu trop arrosé dans les appartements du brave directeur, je n'ai pas fermé l'œil de la nuit. À cause de la vodka, peut-être. À cause de la fatigue, sûrement, et des hurlements du vent sur les vagues déchaînées qui battaient les flancs de la Katorga dans les ténèbres. Mais surtout à cause des yeux de Sylvia, de ses traits tirés, et de mon stupide sentiment de culpabilité. Comment avais-je pu la laisser croupir dans cet enfer ?

Mais ça, c'était hier. Aujourd'hui, dès le réveil et malgré une migraine qui me vrillait le cerveau, j'ai demandé à revoir Sylvia. Je me sentais toujours aussi mal vis-à-vis d'elle et de ce qu'elle endurait ici, mais j'étais bien décidé à obtenir des réponses à mes questions.

Après un mauvais café et les formalités d'usage, je me suis retrouvé encadré par les amazones de service qui m'ont une fois encore emmené jusqu'au quartier de haute sécurité du secteur féminin. Et dès que je suis entré dans la salle d'interrogation, j'ai compris que, pendant la nuit, la donne avait changé.

Sylvia était toujours attachée sur son sinistre fauteuil, mais quand elle a levé la tête à mon arrivée, elle était métamorphosée. Bien que toujours coiffée avec un pétard, le visage barré d'une cicatrice et orné d'un bleu, son regard n'était plus du tout le même. Ses grands yeux verts, cette fois, étaient plus étincelants que jamais. Vifs, intenses, redoutables et envoûtants. Je n'en revenais pas.

– Tu vas rester planté là longtemps ?

Toujours cette voix chaude, moqueuse. Cette fois, je revoyais la Sylvia que j'avais connue, à peine différente malgré les épreuves qu'elle avait traversées.

J'ai bégayé je ne sais plus quelle stupidité et je me suis assis dans le bon fauteuil, en face d'elle.

– Ça me fait plaisir de te voir, Serge, a-t-elle continué.

Elle a poursuivi sur le même ton pendant un moment, m'a demandé de mes nouvelles, comment allait Goran, si je vivais toujours dans mon petit appartement à Paris, et ainsi de suite. Je n'arrivais pas à reprendre le contrôle de la conversation.

Au bout d'une bonne demi-heure de ce traitement, elle a fini par lâcher :

– Et si tu me disais ce que tu es venu faire ici ? Je sais bien que tu as toujours aimé la mer, mais quand même…

Et là, enfin, j'ai pris conscience du fait qu'elle se foutait de moi ouvertement, avec son magnifique, son délicieux sourire, et ses yeux émeraude pétillants de malice.

– J'ai des questions à te poser, j'ai fait, aussi froidement que possible.

– Sans blague ? Tu veux savoir si je suis bien traitée, si on peut réserver à l'année des chambres avec vue sur la mer ?

J'ai eu bien du mal à ne pas m'énerver. C'était une chose qu'elle faisait très bien avant : m'énerver. Du temps où elle travaillait pour moi. Enfin, disons plutôt, du temps où elle se servait de moi pour ses sales petits complots. Elle m'énervait, et elle me fascinait. Si belle, si vivante, si dangereuse. Moi, tel un stupide papillon, je me suis joyeusement grillé les ailes à sa lumière. Et j'étais en train de recommencer ici, dans cette salle d'interrogation où c'était elle qui, en fin de compte, posait les questions.

J'ai donc entrepris de lui parler de cette nouvelle drogue, des victimes dans le coma, de l'absence de produit toxique dans leur sang, me gardant bien de mentionner le nom de Gréhant. Là, elle m'a interrompu et m'a dit qu'on en reparlerait l'après-midi. J'aurais hurlé, mais je me suis retenu, ça lui aurait trop plu.

J'ai ainsi dû patienter quelques heures que Madame prenne son déjeuner dans une cellule que j'imaginais sordide à souhait pour me venger, tandis que Komarov se mettait en quatre pour tenter de me satisfaire. J'étais furieux, il le savait. Mais il n'y pouvait rien, et moi non plus. Sylvia avait déjà repris les choses en main. Jamais je n'aurais dû mettre les pieds à la Katorga.

L'après-midi, je suis revenu dans la salle d'interrogation où Sylvia m'attendait, encore plus pimpante que le matin. Comment faisait-elle pour avoir l'air classe même fagotée dans l'horrible combinaison bleu délavé des détenus du quartier de haute sécurité ?

– J'ai bien réfléchi, Serge, m'a-t-elle dit sans même me laisser le temps de m'asseoir. Je crois que je peux t'aider…

Et voilà, elle me reprenait à contre-pied. Avec elle, il fallait toujours être sur ses gardes.

– Tu *peux* m'aider ? j'ai lancé d'un ton méfiant. Mais est-ce que tu le *veux* ?

Son sourire radieux s'est élargi. J'avais beau essayer de prendre le dessus, elle était en train de m'emmener où elle voulait.

– Je *veux*, Serge, vraiment. À une condition…

Évidemment ! Rien n'est jamais gratuit avec Sylvia Corso.

– Je t'écoute, ai-je grogné.

Elle a planté ses beaux yeux verts droit dans les miens.

– Fais-moi sortir d'ici.

Là, ç'a été à mon tour de sourire.

– Plutôt crever !

# 13

**Serge – 28/04**

Je suis reparti ce matin, direction Paris. J'ai dit adieu à la Katorga sans aucun regret, et avec la ferme intention de ne jamais y remettre les pieds. Adieu à la Baltique, au béton et surtout aux Ekranoplanes. Et franchement, je me sens mieux depuis que j'ai pu mettre plusieurs centaines de kilomètres entre cette sinistre prison et moi.

Assis côté couloir dans un des wagons fuselés de l'Inter Federal Express que j'ai pris à Berlin il y a moins d'une heure, je me laisse bercer par la vitesse et rattraper par la fatigue. Même si je sais que je n'ai aucun intérêt à m'endormir. Pas avant Paris. Pas avant d'être rentré chez moi où je me promets de prendre une douche brûlante malgré la nouvelle loi sur le rationnement de l'eau.

Dehors, le soleil couchant disparaît à l'ouest, baignant la grande plaine allemande d'une lueur brune étrange. De longs nuages noirs s'étirent dans le crépuscule, patiemment effilochés par le vent. Le spectacle est magnifique, mais j'évite de le contempler. J'évite de me tourner vers la fenêtre trop souvent. Pour ne pas avoir à croiser le regard triomphant de Sylvia.

J'ai dû très vite me rendre à l'évidence : elle me tenait, la garce ! J'avais beau ne pas vouloir la sortir de son trou, je n'avais aucun espoir d'avancer si je la laissais croupir là-bas. Et elle le savait.

Je me suis résigné immédiatement après notre deuxième entretien de la veille. Vu mon poste, et l'affaire sur laquelle je travaillais, j'avais le droit de faire appliquer des procédures exceptionnelles valables même dans une enceinte privée comme la Katorga. À Paris, Norah a obtenu le feu vert de notre hiérarchie sans difficultés et Komarov s'est exécuté sans rechigner. À croire que Sylvia savait que ça serait un jeu d'enfant de la faire sortir.

En fait, le seul qui avait des doutes, plus que des doutes, même, des craintes, c'était moi.

Surtout maintenant que j'ai Sylvia assise à ma droite, côté fenêtre. Théoriquement, elle ne peut pas m'échapper, même si je m'endors. Les locataires de la Katorga ont droit à une petite intervention chirurgicale le jour de leur admission : on leur greffe une micro-balise de repérage par satellite qui se présente sous la forme d'un minuscule disque gris dans le bras gauche, un peu en dessous de l'épaule. Je dispose d'un boîtier qui me permettrait de suivre la donzelle à la trace si elle tentait de jouer la fille de l'air. Sans parler de toutes les patrouilles de la Fédération européenne et de la Fédération de Russie qui se mettraient aussitôt à la traquer, puisque les coordonnées de la balise de Sylvia sont intégrées aux systèmes de repérage de satellites européens et russes.

Pas de risque, donc, qu'elle s'amuse à me filer sous le nez. Pourtant, je n'ai pas confiance. Je ne peux pas. Je sais trop ce dont elle est capable. Je suis sûr qu'en ce moment même, alors que nous regardons défiler dans le lointain des rangées de peupliers qui disparaissent lentement dans la nuit naissante, elle doit déjà être occupée à réfléchir à un moyen de se débarrasser de la balise.

À Paris, tout est prévu. Dès notre arrivée, on ajoutera un deuxième petit gadget à la balise, ce que l'on appelle un « hurleur ». C'est un joli petit collier, qu'elle devra porter en permanence, réglé sur son biorythme. Qu'elle l'enlève, même pour se doucher, et le bijou se mettra à striduler avec une intensité insupportable, ce qui fera immédiatement rappliquer ce que le voisinage comptera de représentants des forces de l'ordre. Je suis sûr que Sylvia appréciera ce charmant cadeau à sa juste valeur.

Norah doit nous attendre à la gare, et pour moi, la surveillance rapprochée commencera dès que nous aurons débarqué de l'Inter Federal Express.

Dans le train, ma compagne s'est efforcée d'être la plus charmante possible. Je n'ai pas pu m'empêcher de repérer les coups d'œil que nous jettent de temps en temps les autres passagers, mémés attendries et jaloux solitaires, sûrement en train de se dire que nous formons un bien beau couple. Quel cauchemar !

En revanche, pour l'instant, ma prisonnière se

garde bien de me donner des infos utiles. Elle insiste pour voir les comateux, ce qui veut dire qu'à peine rentré à Paris, il va falloir qu'on se fende d'un voyage à Bruxelles. Pour le reste, elle refuse de se prononcer. La seule chose qu'elle a accepté de me dire, c'est que nous sommes face à un produit qui dépasse tout ce que l'on connaît sur le marché actuellement. Comme si je ne le savais pas ! Et à en juger par son regard à la fois amusé et mystérieux, je sens bien qu'elle est persuadée que nous faisons fausse route en croyant courir après un narcotique, même du genre synthétique surpuissant du type PulpX. Je sens surtout qu'elle nous fera tourner en rond chaque fois qu'elle le pourra. Pour elle, l'occasion est trop belle.

Quant à moi, je me considère déjà perdant, puisqu'elle est là, à côté de moi et que, pour l'instant, c'est toujours elle qui a les cartes en main.

Il me tarde que le train arrive à la gare de l'Est, que je retrouve Goran le plus vite possible, et avec lui un semblant de normalité.

# 14

**Goran – 28/04**

Je m'en serais filé des baffes. Mais quel abruti j'ai été de croire que personne ne s'apercevrait de rien !

J'étais en espagnol quand le haut-parleur a appelé mon nom : « Goran Poiret est attendu dans le bureau de madame Marchal. »

Mme Marchal, la CPE : son chignon, ses dents jaunes, sa carrure de rugbyman, sa voix de chanteur d'opéra Klingon, comme dans les vieux *Star Trek* en deux dimensions que notre prof de cinéma nous a emmenés voir à la Cinémathèque. Mme Marchal, surnommée Worf depuis cette sortie : le cauchemar de tous les élèves du lycée. En me levant de ma chaise, j'ai senti mon estomac qui descendait d'un coup dans mes chaussettes. En temps normal, j'aurais eu peur qu'il soit arrivé quelque chose à mon père : l'accident, la balle perdue, le coup de couteau d'un junky en manque ; les fantômes habituels de la vie d'un fils de flic. Mais là, je savais très bien pourquoi j'étais convoqué, et je n'en menais pas large en quittant la salle sous le regard étonné de Péri.

Ça ne s'est pas arrangé quand, assise dans le bureau de la conseillère principale d'éducation, Norah m'a accueilli d'un regard plus noir que nature.

– Asseyez-vous, Goran, m'a dit Worf de son timbre rocailleux.

Puis elle s'est adressée à Norah :

– Mademoiselle…

– Zawass, a précisé Norah.

– Zawass, c'est ça, a répété la CPE en retrouvant le nom sur ses papiers. Si je vous ai appelée, c'est que sur notre liste, vous êtes la personne à contacter en l'absence des parents de Goran.

– Oui, a répondu Norah, visiblement tendue.

– J'ai laissé un message à madame Sorensen, à Stockholm, et au domicile de monsieur Poiret, mais…

– Le père de Goran est en déplacement à l'étranger. Il rentre cet après-midi. Que se passe-t-il ?

– Peut-être que Goran pourrait vous le dire lui-même ?

Non. Goran, il ne voulait rien dire du tout. Je savais bien que rester muet n'allait pas régler mon problème, mais c'était plus fort que moi.

– Non ? a insisté Worf en me regardant. Bon. Tant pis…

Elle a tourné l'écran de son ordinateur vers nous et a ouvert un fichier vidéo. Dans les secondes qui ont suivi, on m'a vu escalader la grille du lycée, rentrer dans le bâtiment techno par une fenêtre, grimper les escaliers jusqu'à la salle 203, puis m'installer devant un ordinateur en jetant des coups d'œil inquiets autour de moi.

– Ces images ont été enregistrées par nos caméras de surveillance hier après-midi, a précisé Marchal.

Norah m'a regardé en ouvrant de grands yeux.

– Qu'est-ce que t'es venu faire ici un dimanche ?

– C'est ce que nous aimerions bien savoir ! a renchéri l'autre vieille peau.

Dans les *Star Trek*, dont certains datent pourtant de la fin du XX^e siècle, ils savaient se téléporter d'un endroit à un autre en quelques secondes ! Comment ça se fait que des décennies plus tard on ne soit pas encore capable de faire la même chose, et que j'aie été obligé de rester prisonnier dans le bureau de ma CPE, les yeux rivés au sol, sous les regards accusateurs de Worf et de Norah.

Ce que je refusais de leur dire, c'est que j'étais entré en douce dans le lycée un dimanche pour pirater le compte en banque de mes grands-parents depuis un autre ordinateur que le mien pour ne pas laisser de traces. De plus, avec la puissance des bécanes du lycée, ça m'avait pris à peine dix minutes pour casser les codes soi-disant inviolables de la banque et faire un virement de six cents euros vers le numéro de compte anonyme que Iannis m'avait envoyé par e-mail. Un jeu d'enfant. J'avais pensé aux plus petits détails, sauf au plus évident : les caméras de surveillance dont était équipé le moindre recoin du lycée. Il y en avait tellement partout, de ces caméras presque invisibles, au lycée, dans la rue, dans les restaurants, dans le métro, dans les couloirs de notre immeuble, qu'à force, on en arrivait vraiment à les oublier. Être filmé 24 heures sur 24, ça revenait presque à ne plus être filmé du tout. C'était devenu aussi naturel que d'être blond ou brun, que les averses quotidiennes, le smog ou les contrôles de laissez-passer dans la rue.

– Goran ? a dit Norah. Qu'est-ce que tu es venu faire sur cet ordinateur ?

J'ai continué à fixer le plancher et c'est Mme Marchal qui a repris la parole :

– Bien sûr, Goran a effacé les traces de ses manipulations sur le disque dur.

– Goran ! a répété Norah en haussant le ton.

– En refusant de nous donner une explication, Goran, vous allez nous obliger à prendre des mesures disciplinaires !

Et dix minutes plus tard qui m'ont semblé dix heures, j'étais dans la rue avec Norah qui tenait à la main mon attestation de mise à pied pour trois jours.

– Qu'est-ce que c'est que ces conneries ? m'a-t-elle demandé en contenant difficilement sa colère.

Je l'ai regardée, mais sans lui répondre.

– Tu ne crois pas que j'ai autre chose à faire que de venir ici signer tes punitions ?

– Si, bien sûr ! j'ai répliqué d'un air mauvais. Tout le monde a autre chose à faire que de s'occuper de moi. Toi, mon père, ma mère… Tout le monde !

– Ça va, Goran. N'essaie pas d'inverser les choses, tu veux ! Tu sais très bien que ton père t'accorde le plus de temps qu'il peut. En ce moment, c'est très compliqué au bureau, alors justement, il n'a pas besoin que tu commences à faire n'importe quoi. Vraiment pas ! Et puis tu me parles sur un autre ton…

J'ai soupiré et me suis mis en route en marmonnant :

– T'es pas ma mère…

Norah m'a aussitôt emboîté le pas :

– Non, je ne suis pas ta mère. Et heureusement pour toi, parce que sinon, je te jure que je saurais comment t'aider à retrouver la mémoire…

On a marché jusqu'à la station de métro sans plus dire un mot. Une fois sur le quai, c'est Norah qui a repris d'un ton moins menaçant :

– Bon. On se calme… Est-ce que tu vas me dire, oui ou non, ce que tu fichais sur cet ordinateur ?

– Non.

– Comment ça, non ?

– J'ai rien fait de grave, j'ai dit en pensant exactement l'inverse. Fais-moi confiance, Norah.

– Si c'est pas grave, pourquoi tu ne me le dis pas ?

– Parce que.

– Parce que quoi ? On est des amis, non ? Des amis, ça n'a pas de secret !

Ça pouvait durer longtemps, à ce train-là. Il fallait que je trouve quelque chose pour faire diversion. L'idée de génie m'est venue avant même que les portes du métro ne se referment derrière nous.

– Norah ? j'ai demandé alors que la rame se mettait en route en silence.

– Quoi ?

– Pourquoi tu ne te décides pas à dire à mon père que tu es amoureuse de lui ?

Norah a rougi aussi brusquement qu'une tomate transgénique et elle s'est mise à bafouiller :

– Mais… Qu'est-ce que… De quoi tu me parles ?

Qu'elle l'aimait, ça se voyait comme le nez au milieu de son joli visage. Il n'y avait que mon père pour ne pas s'en apercevoir.

– Tu sais, j'ai ajouté avec un petit sourire, si tu attends qu'il fasse le premier pas, on n'est pas rendus !…

– Arrête avec ça, Goran. C'est n'importe quoi ! Ton père est mon patron, et…

– Je croyais qu'on était amis, et que des amis ça n'a pas de secret ?

Elle m'a fusillé du regard, furieuse de s'être fait prendre à son propre piège.

On a passé le reste du trajet jusqu'à chez moi en silence. Une fois au pied de notre immeuble, Norah a refusé de monter déjeuner avec moi.

– Faut que j'y aille… Ton père revient cet après-midi, et j'ai des tonnes de problèmes à régler avant d'aller le chercher à la gare. Tu rentres chez toi et tu n'en bouges pas jusqu'à ce soir, compris ?

– Oui.

– Je te préviens que je passerai un coup de fil à madame Bin Son pour vérifier !

– Je bouge pas. Promis.

Elle a soupiré et m'a embrassé sur la joue avant de partir. J'en ai profité pour lui glisser :

– Tu diras rien à papa ?

– Tu sais, il va bien voir que tu as été renvoyé du lycée !

– Vu l'heure à laquelle il part le matin, ça m'étonnerait !

– On verra… Tiens-toi à carreau, en tout cas.

– D'accord.

– J'espère que tu n'es pas en train de faire des bêtises, Goran…

– T'inquiète.

Et elle est partie.

Je sais très bien ce que je suis en train de faire. Je sais très bien que c'est une bêtise. Une grosse bêtise, même. Au fond de moi, mon instinct me crie que je cours à la catastrophe. Pour la première fois de ma vie, j'ai fait quelque chose dont j'ai honte, quelque chose qui, s'ils l'apprennent, va décevoir mon grand-père, ma grand-mère, Norah, mon père. Et pourtant, je ne peux pas m'arrêter. Je veux comprendre, savoir, et aller au bout du bouleversement qui se développe en moi. Je veux retrouver Mel, et avec elle, j'en suis sûr, me découvrir enfin moi-même.

Quoi qu'il se passe, même si la boule d'angoisse qui est apparue dans mon ventre continue de grossir, je sais que demain, à 10 heures, je serai là où Iannis m'a fixé rendez-vous.

# 15

**Goran – 29/04**

Papa vient de me téléphoner pour me dire qu'il serait là pour dîner ce soir. Il part tôt demain pour Bruxelles, et il a envie de passer une soirée tranquille avec moi. Bonne nouvelle, parce que après la journée que je viens de passer, je n'ai aucune envie de rester seul à la maison. Je vais nous préparer un petit dîner comme papi m'a appris à le faire. Ça va m'aider à me calmer et à oublier les images oppressantes que j'ai rapportées de la grande banlieue parisienne.

Si seulement je n'en avais ramené que des images…

De Chartres et sa région, je ne connaissais que les fameux alignements d'éoliennes qui bordent l'autoroute. Ils font de la Beauce l'une des contrées les plus laides de France, mais aussi les plus riches. De toute façon, depuis que la ville a été classée zone 6, plus personne n'y met les pieds. En bordure de la grande ceinture parisienne et à seulement trente kilomètres de la banlieue du Mans, c'est la zone de non-droit typique.

Alors que le train commençait à ralentir, je pensais encore au mail que ma grand-mère m'avait laissé à la maison :

| |
|---|
| À : go-ret@friserver.eu<br>De : Claire.Poiret@laposte.bzh<br>Objet : (sans titre) |

Je ne l'ai pas ouvert, sûr d'avance de ce qu'il contient : des ennuis. J'avais dû faire une erreur de brouillage sur l'ordinateur du lycée et mamie, qui a été ingénieur en informatique pendant trente-neuf ans, n'avait pas dû mettre plus de deux minutes pour remonter à la source du piratage. Ensuite, évidemment, j'étais désigné d'office comme le responsable du détournement des six cents euros. Ce que je ne comprends pas, c'est pourquoi, plutôt que de m'envoyer un message, elle n'a pas directement appelé mon père.

La vue de la gare de Chartres m'a tiré de ces pensées. Carreaux cassés, portes défoncées, toit à moitié brûlé, tas d'ordures sur lequel se battaient un rat et une mouette, murs tagués… Je comprenais mieux pourquoi les autres passagers du train m'avaient regardé de travers quand j'avais appuyé sur « arrêt demandé » après la dernière gare. Plus personne ne descendait à Chartres depuis longtemps. On parlait même de supprimer l'arrêt, à l'image de tellement de villes de zone 6 que les trains ne traversaient plus que protégés par des tunnels. Mais pourquoi Iannis m'avait-il donné rendez-vous dans un endroit pareil ?

Le train est reparti aussitôt, et un frisson m'a parcouru le dos quand je me suis retrouvé seul sur le quai désert. À l'ouest, le ciel jaune virait à l'orange. Un orage était en train de monter, ce qui n'était pas étonnant vu la chaleur anormale qui régnait depuis les premières heures de l'aube.

La gorge nouée, je me suis enfin mis en route mais me suis figé sur le pas de la porte défoncée du hall de la gare. Il était plein de monde, d'hommes et de femmes endormis à même le sol, sur des cartons, roulés dans des couvertures. Une odeur infecte m'avait sauté à la gorge et, le sang battant à mes tempes, je suis ressorti en marche arrière en priant pour que mon irruption n'ait réveillé personne. Du coup, j'ai accéléré le pas et me suis dirigé vers le centre-ville en contournant le bâtiment dont les clôtures étaient défoncées.

Au moins, le lieu de rendez-vous fixé par le frère de Péri était simple à trouver : la cathédrale. Elle était énorme, perchée en haut de la ville, dominant rues et bâtisses. Plus j'avançais et plus je marchais vite. Le long des rues crasseuses, puantes et boueuses, les rez-de-chaussée étaient murés et les fenêtres brisées des étages étaient calfeutrées avec des couvertures. Seul le bruit de mes pas semblait vivant dans cette cité fantôme. Je n'avais qu'une peur : rencontrer quelqu'un. Mais la ville dormait, se remettant sans doute difficilement d'une de ces célèbres nuits de zone 6.

Ce n'est qu'arrivé au pied de la cathédrale que

je me suis rendu compte que je n'étais pas seul. En levant les yeux pour contempler l'énorme et magnifique édifice, j'ai vu que des oiseaux étaient posés sur ses hauteurs. Il y en avait sur les statues, sur les gargouilles, dans le moindre refuge que pouvait offrir la pierre, jusqu'au plus haut de ses deux tours qui pointaient vers le ciel telles des fusées du temps passé. De même, les toits de la ville en étaient couverts, les cheminées, chaque faîte d'ardoise, chaque pignon, poutre, garde-fou… Des milliers de pigeons, des merles, des corneilles, des mouettes. Maintenant que je les avais vus, j'entendais leurs pas sur les gouttières, le froissement de leurs ailes, le bruit de leurs becs qu'ils aiguisaient sur la pierre. Curieusement, aucun d'entre eux ne chantait, ne roucoulait ni ne criait. À l'image de la ville, ils étaient muets et tendus. Inquiétants, surtout.

À ma montre, il était 9 h 50. Il me restait dix minutes à attendre. Je n'ai pas osé rentrer à l'intérieur de la cathédrale même si j'avais très envie de voir à quoi elle ressemblait. Mais j'étais sûr qu'elle serait pleine de monde, comme la gare et sans doute tous les immeubles aux façades borgnes de la ville. Le calme de Chartres devait cacher une vie grouillante dont les vibrations malsaines étaient presque palpables. En faisant les cent pas près de la cathédrale, j'avais l'impression de marcher dans un champ de mines.

À 9 h 55, j'ai entendu quelqu'un approcher. Persuadé qu'il s'agissait de Iannis, je me suis dirigé à l'oreille dans sa direction quand une femme hirsute a débouché d'une ruelle. Aussi surprise que moi, elle s'est immobilisée quelques secondes avant d'esquisser un affreux sourire.

– Alors beau gosse, on a perdu son papa et sa maman ?

Elle était à moitié nue, plus vêtue par sa crasse que par ses habits. Sa maigreur et sa pâleur étaient effrayantes. Ses yeux étaient creux et fiévreux, cernés de noir.

– Qu'est-ce que t'as avec toi ?

– Pardon ? j'ai répondu d'une voix mal assurée.

– Qu'est-ce que t'as à vendre ?

– À vendre ?

– J'ai de l'argent, regarde ! La nuit a été bonne !

Elle a sorti des euros en billets comme je n'en avais vu qu'au musée. Plus personne n'utilisait de monnaie depuis bien avant ma naissance.

– Mais j'ai rien à vendre, madame, j'attends un ami, et…

–T'en as une belle montre, mon mignon !

Elle commençait à s'avancer vers moi quand une voix autoritaire nous a fait sursauter :

– LAISSE-LE !

En me retournant, j'ai vu Iannis s'approcher de la femme en me faisant un clin d'œil.

Dès qu'elle l'a vu, la femme est devenue aussi mielleuse qu'une chatte affamée. Le frère de Péri l'a emmenée un peu à l'écart et, stupéfait, j'ai vu qu'ils échangeaient des billets contre un sachet de poudre blanche. La femme a aussitôt disparu par où elle était venue, et Iannis est revenu vers moi avec un grand sourire.

– Alors ? Ça te plaît la zone 6 ?

– Pourquoi tu m'as donné rendez-vous ici ?

– Tu connais un autre endroit où il n'y ait pas de caméras, toi ? Pas de caméras, pas de policiers… La vraie vie, quoi !

– Ce que tu as vendu à la femme, c'était…

– Quelle femme ?

Je n'ai pas insisté, sous le choc de ce que je venais de découvrir du frère de mon meilleur ami. Iannis était un dealer, et pas seulement de ce que j'étais moi-même venu chercher dans cette ville de cauchemar. Je l'ai suivi dans la cathédrale.

L'impression de majesté et de grandeur de l'édifice était encore plus forte à l'intérieur. Il y faisait très sombre, malgré les faisceaux de lumière du jour qui tombaient par les vitraux brisés. Beaucoup de monde vivait ici, la plupart encore endormis sur des cartons, sous des tentes de fortune, mais certains en train de s'éveiller, de faire un semblant de toilette ou de réchauffer du café sur des braseros de fortune. Je suivais Iannis pas à pas, fuyant les regards mauvais qui croisaient le mien de temps en temps.

– T'inquiète pas. Avec moi, tu ne crains rien.

Et effectivement, les regards s'adoucissaient quand ils tombaient sur Iannis. Ils devenaient même soumis et serviles. Au fond de la cathédrale, Iannis a serré la main d'une armoire à glace au crâne rasé qui gardait une porte sur laquelle était écrit *sacristie.* Elle ouvrait sur une grande pièce éclairée par des torches où mon hôte semblait s'être aménagé une sorte de bureau. Il m'a indiqué une chaise.

– Bon. J'ai bien reçu le virement. Tu sais comment ça marche ?

– Quoi ?
– Ce que tu es venu chercher.
– Non.

Dans un mur, Iannis a ouvert une sorte de niche dans laquelle était installé un coffre dont il a sorti un tube translucide et une mini pisto-seringue.

– Tu visses le tube sur la seringue et tu t'injectes le produit dans la grosse veine du creux du bras. C'est très simple et indolore. Par contre, fais ça allongé sur ton lit, parce que tu vas te sentir partir immédiatement.

Iannis a dû voir à ma tête que j'étais effrayé car il m'a dit en souriant :

– C'est sans danger, Goran. Pas d'accoutumance, pas d'effets secondaires. Que du bonheur ! Ça devrait être vendu sur ordonnance, ce truc !

Il s'est avancé vers moi et m'a tendu le matériel. Mais au moment de le saisir, j'ai senti sa main retenir la mienne.

– Pas un mot à ton père, Goran, m'a-t-il dit d'une voix sourde.

Il me fixait avec des yeux d'une dureté que je ne leur avais jamais vue.

– Si tu te fais piquer avec ça, on ne se connaît pas.
– OK.
– Je suis sérieux, Goran. On n'est pas dans la cour du lycée, ici. Si ton père remonte jusqu'à moi, tu n'as même pas idée à quel point tu seras dans la merde.
– Compris.
– Bien. T'es un bon gars. Je sais que je peux te

faire confiance. Je sais que mon frère sait choisir ses amis…

Pour ma part, je n'en étais pas bien sûr. Je ne me reconnaissais pas moi-même, en train d'acheter je ne savais même pas trop quoi dans le dos de mon père, de mes grands-parents, de mon meilleur ami, au cœur de la zone 6.

– Je vais à Paris, là, m'a dit Iannis. Je te dépose ?

Ne pas avoir à marcher jusqu'à la gare et à attendre le prochain train était un véritable soulagement.

– Entre le lever du jour et midi, c'est *safe*, ici, m'a dit Iannis en retraversant la cathédrale vers la sortie. Le reste du temps, vaut mieux éviter.

– Mais comment ces villes ont pu en arriver là ? j'ai demandé naïvement.

– C'est le prix à payer pour être tranquille ailleurs ! Pourquoi crois-tu qu'on a un taux de criminalité zéro, à Paris ? Le monde n'a pas changé, l'humanité non plus ! Seulement on fait le ménage là où il y a des touristes et des gens qui paient leurs impôts. Les autres, ceux qui font tache dans le décor, hommes ou oiseaux, on les entasse au loin et on les laisse se débrouiller seuls…

Le gros tout-terrain de Iannis était dans un jardin derrière la cathédrale, gardé par une bande de gamins crasseux à qui il a distribué des pièces de monnaie.

En démarrant, son moteur a fait un tel vacarme que des milliers d'oiseaux se sont envolés des toits de la ville vers le ciel orange foncé où s'amoncelaient des nuages menaçants.

Assis à l'avant de la voiture, je regardais défiler les rues de Chartres qui commençaient à peine à s'animer d'une population louche et miséreuse, et m'imaginais à quoi elles devaient ressembler la nuit. Même si les informations télévisées n'en parlaient jamais, je savais par mon père que les zones 6 étaient chaque nuit le théâtre de guerres de gangs, de meurtres et de trafics en tous genres. Il y régnait la loi du plus fort, et l'on y survivait plus qu'on y vivait.

J'ai passé le reste de la journée à la maison à regarder l'orage s'abattre sur Paris. J'avais reçu un autre message de mamie, un de ma mère et un de Péri. Je n'ai rappelé personne et j'ai refusé les communications suivantes jusqu'à celle de papa. J'étais fébrile, oppressé par ma visite à Chartres, mais surtout par ce que j'en avais ramené. Le tube contenait un liquide incolore que j'ai plusieurs fois été tenté de jeter dans les toilettes. Je l'ai finalement caché sous mon lit avec la pisto-seringue. J'avais l'impression d'être un traître dans la maison de mon propre père.

# 16

**Serge – 30/04**

Ce soir, à Bruxelles, avec la singulière impression de me trouver seul au bout du monde, je crois entendre la voix de Goran quand, l'autre jour, il m'a demandé pourquoi je fais ce travail…

Hier, j'ai quand même pu passer une soirée avec mon fils. Il m'avait préparé un bon petit dîner. Pour ça, il tient de mon père. On dit souvent que certains goûts ou talents sautent une génération. Ça expliquerait pourquoi moi, je suis à peine capable de préparer une omelette lyophilisée.

Goran avait l'air préoccupé, absent, tendu. On faisait la paire, tous les deux ! On a vaguement discuté en mangeant devant la télé, mais on était chacun perdus dans nos pensées. Je ne pouvais pas, je ne voulais pas, lui parler de la Katorga et de Sylvia. Et lui, de quoi ne voulait-il pas me parler ?…

Plus le temps passe, plus Goran grandit, et plus il est difficile de communiquer. Il m'arrive, dans ma tête, de le revoir quand il était petit. Les choses étaient simples, alors. Il me sautait dans les bras quand je revenais de mission, on jouait, on riait… Quand je pense qu'à l'époque, j'étais impatient qu'il grandisse pour que je puisse lui faire vraiment découvrir le monde ! Entre hommes ! Ben voyons… Désormais, c'est seul qu'il l'explore, le monde…

Pas facile d'être père. Ni d'être fils, si je me souviens bien de ma propre jeunesse !

Ce matin, le voyage de Paris à Bruxelles s'est déroulé sans incidents.

Norah et moi étions crispés au moment de faire sortir Sylvia de sa cellule dorée de la tour de la police à Puteaux-Ouest. Elle était méconnaissable, à croire que ce n'était pas la même femme que celle que j'avais vue quatre jours plus tôt à la Katorga. Fini les boucles rebelles. Ses cheveux courts étaient soigneusement coiffés, ses ongles vernis, son visage discrètement maquillé. Elle portait un élégant tailleur gris sur une chemise blanche. Seul petit bémol à cette métamorphose : son col était boutonné jusqu'au cou pour dissimuler le « hurleur » que je lui ai « offert ».

Nous n'avons pas échangé un mot durant le trajet.

À la descente du train à Bruxelles-Nord, nous avons été pris en charge par les types des stup' du coin, qui nous ont embarqués en cortège en direction de l'hôpital. J'ai entendu Norah qui les mettait en garde contre Sylvia pendant que cette dernière, le nez en l'air, faisait mine de se passionner pour l'architecture du quartier de la gare en maîtrisant mal son maudit sourire. J'avais bien briffé ma partenaire sur notre « cliente » avec laquelle il ne faut jamais se relâcher un seul instant.

Les voitures du cortège ont quitté les huit voies du Ring de Bruxelles et, au bout de quelques détours, nous nous sommes garés sur le parking encombré de la polyclinique spéciale de l'AZ-VUB, le plus grand centre hospitalier universitaire de Bruxelles-Capitale dont un étage a été spécialement aménagé pour traiter nos mystérieux cas de coma. D'autres flics nous attendaient, en civil, pistolets-mitrailleurs au poing. Je n'ai compris la raison de cette sécurité renforcée que quand nous avons atteint le troisième étage, le fameux « Marché aux légumes », comme le surnomment avec leur cynisme coutumier la plupart de mes collègues : Maxime Gréhant était là, venu voir sa fille sans prévenir.

– Gréhant en personne, a soufflé Sylvia dans mon dos sur un ton admiratif qui m'inquiéta. Qu'est-ce qu'il fait là ?

Je m'étais bien gardé de lui parler de Mélanie. Et je ne lui en aurais rien dit si le politicien n'avait pas déboulé dans notre enquête tel un chien dans un jeu de quilles.

Encadré par une escorte de piliers de rugby endimanchés, il a marché droit sur moi. Ses mâchoires se serraient et se desserraient nerveusement, et même s'il tentait de le dissimuler, il était évident qu'il venait de pleurer. Quand il n'a plus été qu'à un mètre de moi, il m'a fusillé de ses yeux rougis et a lâché :

– Vous allez me la sortir de là, Poiret, vous entendez ?

J'ai l'habitude de gérer des parents affligés ou paniqués par le sort de leurs enfants toxicomanes. Ce n'est pas que j'aime ça, mais je sais faire. Sauf que, d'ordinaire, les parents en question ne sont pas candidats au poste de gouverneur.

– Nous faisons notre possible, monsieur… j'ai commencé.

– Ça ne m'intéresse pas ! Je veux des résultats ! m'a-t-il aussitôt interrompu. Ça fait déjà trois semaines que ça dure… Je vous préviens, Poiret, je vous tiens personnellement responsable de la survie de ma fille. Alors, bougez-vous, mon vieux, bougez-vous !

– Sinon ? a fait une voix féminine.

Pas la peine de me retourner pour savoir qui avait dit ça ! J'ai presque rentré la tête dans les épaules tellement je m'attendais à l'explosion de Gréhant. Mais rien n'est venu. Il s'est tu, a dévisagé Sylvia et, sans un mot, s'est engouffré dans l'ascenseur avec ses gardes du corps.

J'ai pris Sylvia par le bras et je l'ai entraînée vers l'une des deux grandes salles où les victimes étaient sous assistance médicale.

– Tu ne vas pas commencer à semer la pagaille ! j'ai grogné.

– Oui chef ! a-t-elle souri, absolument pas impressionnée par ma piètre démonstration d'autorité.

Suivis de nos collègues belges, nous sommes passés entre deux rangées de lits. Il y en avait une vingtaine au total, et je savais que l'autre salle en contenait à peu près autant. Cet étage de la polyclinique de l'AZ-VUB abrite désormais trente-deux patients, tous atteints du même mal. Seule Mélanie Gréhant a droit à une chambre individuelle gardée 24 heures sur 24.

– Et donc, a murmuré Sylvia, quelqu'un de la famille de Gréhant est ici…

– Ouais, j'ai répondu, mais t'avise pas d'en parler à qui que ce soit en dehors de Norah et moi, ou je te paie un retour à grande vitesse direction la Katorga !

Une fois de plus, mes menaces sont restées sans effet.

– T'inquiète pas, mon grand… Tu me connais !

Sous le regard méfiant de Norah, Sylvia s'est approchée d'un lit au hasard. Un jeune homme d'une vingtaine d'années y était allongé. Son visage était couvert de minuscules capteurs et le reste de son corps était enserré dans une combinaison noire moulante. L'ensemble était rattaché aux différents moniteurs de l'électrocardiogramme, du respirateur, de l'alimentation et de l'encéphalogramme désespérément plat. Les capteurs et la combinaison servaient à stimuler les muscles du patient pour éviter une trop grande déperdition de masse musculaire. Le système permettait aussi de lutter contre la formation d'escarres et assurait un massage permanent de l'ensemble de l'épiderme. De ce côté, les pauvres « légumes » n'avaient rien à craindre. On pourrait même les maintenir dans cet état-là pendant des mois, voire des années, tant que le cœur tiendrait.

– C'est bien, a constaté Sylvia, ils ont fait ce qu'il faut.

Sourcils froncés, concentrée, elle s'est alors mise à observer les paupières du jeune homme pendant de longues minutes. Norah et moi avons échangé un regard dubitatif. Qu'est-ce qu'elle pouvait bien chercher ?

– Alors ? a fini par demander Norah avec une pointe d'agacement dans la voix. Qu'est-ce que vous pouvez nous dire ?

Sylvia s'est retournée vers elle avec un large sourire que mon équipière ne pouvait pas déchiffrer mais que je connaissais trop bien. Un sourire qui voulait dire : parle-moi encore une fois sur ce ton-là et je te balance par la fenêtre.

– Bon, Sylvia, t'en as assez vu ! suis-je intervenu. Il nous faut du concret, maintenant…

– Et moi, il me faut un labo, m'a-t-elle rétorqué en revenant au comateux.

Norah m'a regardé, aussi surprise que moi.

– Un labo ? Qu'est-ce que tu délires ?

Sylvia s'est redressée, abandonnant enfin son observation du jeune homme.

– Je crois que je sais ce qui a envoyé ces jeunes gens dans les bras de Morphée…

– Et alors ?… l'a interrompu Norah.

Sans lui accorder la moindre attention, Sylvia a poursuivi en parlant avec une lenteur exaspérante :

– Je crois même que je peux vous aider à en ramener quelques-uns de là.

– Accouche, Sylvia ! j'ai lancé, irrité par son manège.

Elle m'a regardé, a semblé douter un instant de ma capacité à recevoir ses paroles, puis :

– C'est l'E-den…

– L'Éden ? j'ai fait, surpris. L'Éden comme dans « Paradis », « Adam et Ève », la pomme et le serpent ?

– En partie, a dit Sylvia, en partie… Mais si je veux en savoir plus, pour en être sûre, j'ai besoin de les étudier de plus près, nos gentils dormeurs… J'imagine qu'ils n'ont pas pensé à les passer à l'oniromètre ?

– J'en sais rien, moi…

– Évidemment non. Pour eux, les encéphalos sont plats, pas la peine d'aller plus loin… Bon, donc, il me faut un petit labo, de préférence ici, c'est pas la place qui manque, avec analyses sanguines, les relevés des encéphalogrammes de ces messieurs-dames, et un oniromètre, le dernier modèle si possible. Il me faudra sûrement d'autres équipements, mais je vous les indiquerai en cours de route.

Norah s'approcha de moi.

– On ne peut pas la laisser seule ici !

Bien sûr que non. Et je n'ai même pas eu besoin de répondre. Sylvia s'en est chargée, avec dans les yeux un plaisir si mal dissimulé que je l'aurais volontiers étranglée sur place.

– Serge n'a qu'à rester pour me surveiller ! Il adore ça, me surveiller. Hein, Serge ?

Et voilà. Entre les menaces de Maxime Gréhant et le petit jeu de Sylvia, je suis coincé. Les enjeux sont trop élevés. Il faut absolument savoir au plus vite ce qui se cache derrière l'Éden. Et pour cela, il va falloir donner carte blanche à Sylvia. Je sais, Norah sait, que c'est à la fois la pire des choses à faire et la seule solution.

Encore une chambre d'hôtel, et cette impression

d'être loin de tout, des miens, de ma propre vie. Je travaille trop. Je voyage trop. Je ne suis pas assez souvent chez moi.

Ce soir, Goran, je ne saurais pas quoi répondre à ta question.

# 17

**Goran – 30/04**

C'est le moment.

Qu'est-ce que j'ai peur ! En même temps, je suis plus excité que jamais. J'ai beau regarder le tube de Iannis à travers la lumière, je n'y vois qu'un liquide aussi clair que l'eau. J'ai du mal à croire qu'il ait le pouvoir de me faire rencontrer Mel. Et si… Ça y est, une fois de plus, tout ce que m'a toujours raconté papa se bouscule dans mon cerveau : le manque, les squats, les overdoses, la délinquance pour se fournir les doses, la violence des cures de désintoxication, la mort… Mais là, c'est pas pareil ! C'est pas vraiment une drogue. Pas d'effets secondaires, m'a dit Iannis. Et puis c'est juste une fois ! Je sais que moi, j'aurai la force de m'arrêter.

Allez ! Il faut que j'arrête de me torturer la tête. Je ne peux plus faire marche arrière. J'ai volé de l'argent à mes grands-parents, j'ai été en zone 6 pour acheter une dose… Et surtout, depuis que j'ai vu Mel, j'ai l'impression d'être dans la salle d'attente de ma vraie vie.

C'est le moment.

Putain ! Pisto-seringue ou pas, j'ai horreur des piqûres…

# 18

Quand le jeune homme rouvre les yeux, le corps secoué d'un dernier spasme, il sent ses jambes se dérober sous lui au moment où des mains lui saisissent les bras pour le soutenir.

– Bienvenue, Goran Poiret, lui dit une douce voix féminine. Asseyez-vous un instant et respirez lentement…

Goran se laisse guider et s'assied sur le fauteuil qu'on lui présente. Après une longue inspiration, sa vue redevient enfin nette et sa tête cesse de tourner. Deux superbes créatures lui font face, deux jeunes femmes à la beauté parfaite qui affichent chacune un sourire d'hôtesse de l'air.

– Je suis où ? demande le jeune homme d'une voix qu'il a du mal à reconnaître tant elle est plus grave et assurée que d'habitude.

– Dans l'E-den, bien sûr, répondent en chœur les deux beautés.

– L'iden ? répète rêveusement le garçon. Je peux me lever ?

– Si vous vous sentez prêt. Vous êtes ici chez vous, et nous sommes là pour guider vos premiers pas.

Goran se lève et jette un œil autour de lui. Il se trouve dans une vaste pièce de lumière sans cloison, sans limite ; blanche et silencieuse. Seules les deux jeunes femmes s'y détachent, presque à contre-jour. Soudain, un bruit étrange, et le regard de Goran est attiré sur la droite par deux autres hôtesses qui apparaissent pour accueillir un homme sortant du néant. Puis le même phénomène sur la gauche, avec cette fois une jeune femme qui se matérialise et est accueillie par deux beaux jeunes hommes souriants.

– Vous êtes prêt, Goran Poiret ? demandent alors les deux hôtesses.

– Heu… Oui ! répond le garçon sans bien savoir à quoi il est censé être prêt.

Et brusquement, un monde jaillit autour de lui. Sans avoir eu à faire un pas, Goran se retrouve submergé d'images, de sons et d'odeurs. La poitrine gonflée par une sensation de bien-être comme il n'en a encore jamais connu, il contemple la ville qui vient de naître pour lui.

Goran se trouve sur une grande place animée joyeusement par la présence de nombreux hommes et femmes de différents âges, souriant devant la beauté saisissante du lieu. Le centre est composé d'une sorte de vaste guichet circulaire à l'intérieur duquel se tiennent d'autres hôtes et hôtesses. Alentour, il y a des arbres en fleurs de différentes couleurs, certains sont roses, d'autres blancs ou encore bleu pâle et jaunes, plantés sur des pelouses d'un vert si tendre qu'il donne envie de s'y rouler. Plus loin se dressent les premiers bâtiments, à la fois gigantesques, énormes et légers. Goran lève son regard et est saisi à la gorge tant la pureté du ciel le bouleverse. Jamais il ne l'a vu si bleu, agrémenté de quelques nuages replets, et soudain, le garçon se rend compte qu'il n'a jamais non plus senti un air si pur. Une douce brise soulève une mèche de ses cheveux, et sa caresse est d'une telle délicatesse qu'elle fait naître un petit gloussement d'euphorie dans la gorge du garçon. Goran ferme les yeux et prend une longue inspiration. Il se sent bien, mieux que jamais depuis sa naissance. Il a la sensation grisante de ne faire qu'un avec le monde qui l'entoure.

Enfin, imitant les autres arrivants, il s'avance vers le guichet où une nouvelle hôtesse lui sourit. Ses yeux sont d'un vert de jeune pousse de printemps et ses cheveux de la couleur d'une braise incandescente. Goran est tellement subjugué par sa beauté qu'il lui fait répéter sa question :

– Que cherchez-vous ici, Goran Poiret ?

– Mélanie Gréhant.

Sans se départir de son large sourire, l'hôtesse ferme un instant les yeux puis les rouvre en fronçant joliment ses fins sourcils.

– Mélanie Gréhant ? Je ne trouve rien qui…

– Mel ! C'est plutôt Mel, je pense, précise aussitôt Goran.

Le temps d'un clignement de ses yeux magnifiques, et l'hôtesse retrouve son visage serein.

– Mel, bien sûr…

Et soudain, Goran sait où se trouve Mel. Sans comprendre comment ce miracle s'est produit, son cerveau vient de recevoir les informations qui le guideront jusqu'à Mel. Le garçon a l'impression qu'un instinct nouveau vient de naître en lui.

– À votre service, lui glisse l'hôtesse d'une voix langoureuse.

– Merci, répond Goran, si dérouté qu'il en hésite à faire un seul pas.

– Laissez-vous aller, Goran Poiret, ajoute l'hôtesse. Suivez vos envies…

Et Goran comprend alors qu'il doit cesser de réfléchir à ses actes, mais seulement les accomplir.

Il se met alors à marcher au hasard de ses pas, sachant qu'ils sont en train de le mener là où il veut se rendre.

Ici, personne ne semble pressé. Pas de bruits de pas nerveux sur le sol, aucun coup de Klaxon agressif…Tout le monde marche dans les rues de la ville d'une allure de promeneur, un sourire léger aux lèvres, le regard illuminé par l'harmonie environnante. De somptueuses voitures glissent silencieusement sur la chaussée en un cortège de chrome, d'or et de pastel métallisés.

Goran marche le long d'une large avenue bordée d'arbres en fleurs dont la brise fait tomber des pétales en une pluie de couleurs. Partout, des oiseaux chantent. Certains volent dans le ciel, d'autres sont posés sur les rebords des fenêtres, sur les corniches des toits. Il y en a de très gros, blancs ou bien aussi colorés que des perroquets. Goran s'arrête pour contempler l'un d'eux, posé sur le dossier d'un banc, sa longue queue orangée descendant jusqu'au sol.

Quand il se remet en route, le garçon accroche

le regard d'une jeune femme qui lui sourit. Plus loin, une bande d'adolescentes le croisent en gloussant. Goran se retourne sur leur passage et constate que les filles en font de même sur le sien. Le phénomène se reproduit plus loin, et Goran en vient naturellement à se dire qu'ici, il plaît aux filles. Lui qu'elles ne remarquent même pas habituellement ! Dans l'E-den, elles se retournent sur son passage. Le cœur léger, il poursuit sa promenade, traverse un quartier commerçant, des allées bordées de restaurants, des boulevards où se trouvent des cinémas, des théâtres, des ruelles ombragées… S'arrêtant un instant devant une vitrine, il capte son reflet dans un miroir et découvre, stupéfait, qu'il a les yeux d'un bleu aussi pur que celui du ciel. Il se donne également l'impression d'être un peu plus grand, les épaules plus larges, et en passant la main sur son menton, il entend le crissement de la peau de ses doigts sur les poils drus d'une barbe de deux jours. Goran sourit en se revoyant dans la salle de bains, armé du rasoir de son père pour essayer en vain de transformer son duvet désespérément soyeux en une barbe virile.

Goran ne sait pas depuis combien de temps il marche quand il atteint un grand parc au fond duquel, en haut d'une colline plantée de mimosas en fleur, sont visibles les silhouettes de vastes demeures. C'est comme si le temps n'existait pas, ici. Une sorte d'éternel présent. Un tout, une unité troublante entre les dimensions. Rien à voir avec les règles qui régissent la vie sur… Sur quoi ? Sur Terre ? Dans la vie réelle ? Ne sachant pas vraiment où il se trouve, où l'a mené la substance que lui a fournie Iannis, Goran hésite à choisir des mots pour désigner l'avant et le présent. Ici, ces mots sont vains, trop faibles et inappropriés. Il n'en a plus besoin.

Euphorique, il se met en marche à travers le parc, sachant instinctivement vers quelle maison se diriger.

Quand il arrive en haut de la colline, Goran se fige face à la splendeur du paysage. Miroitante à l'infini, la mer s'étire, paisible, de l'autre côté de la colline. Un parfum salé et enivrant pénètre le garçon qui sent son cœur se gonfler d'aise. Il se tient au pied d'une maison derrière les murs de laquelle, il le sait, il le sent, se trouve l'objet de tous ses désirs depuis des jours, des semaines. Bien que son cœur batte étonnamment vite et que ses mains tremblent un peu, Goran se sent armé d'une assurance nouvelle, d'une confiance en lui-même qui lui donne la force de sonner à la porte.

Il entend des pas légers et retient sa respiration.

La porte d'entrée s'ouvre, et Mel apparaît enfin devant lui.

Le garçon et la fille restent immobiles, le souffle court. Ce qu'ils ressentent est à la fois douloureux et délicieux, violent et doux, nouveau et familier. Ils se regardent dans les yeux et y trouvent tout ce qu'ils ont toujours cherché sans même le savoir.

– Mel… murmure Goran. Je…

Puis il se tait, comprenant à quel point les mots seraient de trop. Mel lui sourit, et Goran est anéanti par sa beauté. Il lui sourit en retour, et Mel comprend qu'elle vient de tomber amoureuse.

Elle tend une main vers lui, mais ne parvient pas à le toucher. Goran perçoit la naissance d'un vide en lui, et soudain, la main tendue par Mel est très loin. La maison, la colline, le ciel bleu. Il n'y a plus que du blanc et puis plus rien qu'une forte nausée qui lui vrille brutalement l'estomac.

# 19

**Goran – 30/04**

L'enfer après le paradis.

Quand j'ai repris conscience, j'étais allongé sur mon lit, dans ma chambre, et j'avais l'impression d'être en train de mourir. Des mains m'ont attrapé par les épaules et j'ai entendu une voix me dire :

– Vite ! Viens !

Je n'arrivais pas à rcspirer, mes mains tremblaient, je suais à grosses gouttes et ma gorge était secouée de haut-le-cœur. Par automatisme, mes jambes suivaient mon guide et je me suis retrouvé agenouillé devant les toilettes.

– Vas-y ! Laisse-toi aller, ça ira mieux après.

Le temps de reconnaître la voix de Péri, et je vomissais avec la sensation d'être en train de me retourner de l'intérieur. Puis soudain, je me suis senti mieux.

– Ça y est, c'est bon, m'a dit Péri en m'aidant à me redresser.

– Qu'est-ce que tu fais là ? je lui ai demandé d'une voix encore tremblante.

Il s'est redressé et est sorti des toilettes.

– Ça fait deux heures que je suis là, à attendre au pied de ton lit. Comment t'as pu faire ça, Goran ?

Je me suis passé de l'eau sur le visage dans la salle de bains avant de répondre :

– Je l'ai vue, Péri !

–T'as vu qui ?

– Mel ! La fille du politicien, elle était…

– Connard.

– Mais je l'ai vue ! Je…

– Elle est à Bruxelles, sous perfusion, ta Mel. Elle est dans le coma.

– Mais tu ne comprends pas, je…

– Oh, si ! Je comprends très bien ! Mieux que toi, même !

J'ai essayé d'argumenter, mais Péri m'a coupé la parole. Il était furieux.

– Comment t'as pu faire ça dans mon dos ? Je croyais qu'on se disait tout ; amis pour la vie, frères de sang !

– Mais Péri, tu…

– Comment t'as pu contacter Iannis dans mon dos ? Et le fric ? Où t'as trouvé le fric ? Mais tu te rends compte, Goran ? Tu te rends compte de ce que t'as fait ?

– Péri, attends…

– Non, j'attends pas. Tu as pris de la drogue ! Toi !

– Mais c'est pas vraiment une drogue, c'est…

– CONNERIES ! Ça c'est le baratin de mon fumier de frère ! Qu'est-ce que t'en sais si c'est pas vraiment une drogue ?

– Et toi ? j'ai répliqué du tac au tac. Qu'est-ce

que t'en sais, toi ? Qui tu es pour me donner des leçons ? Qu'est-ce que t'y connais à tout ça ?

– Beaucoup plus que tu ne peux l'imaginer, a lâché Péri d'une voix soudain lasse.

Puis il m'a fixé dans les yeux, et j'ai lu une telle déception dans son regard que je n'ai pas pu la supporter. J'ai explosé quand il m'a dit :

– T'as pensé à ton père, au moins ?

– FAIS PAS CHIER AVEC MON PÈRE ! je me suis mis à crier. FOUS-MOI LA PAIX, MAINTENANT ! LAISSE-MOI !

– Goran, j'ai un truc à te dire, c'est important. Je...

– Je t'ai dit de me laisser ! T'es sourd ou quoi ? Allez, barre-toi !

Péri m'a regardé en serrant les mâchoires, puis il est sorti en claquant la porte.

J'ai marché jusqu'au salon où je me suis laissé tomber dans le fauteuil de papa, face à la baie vitrée. Après ce que je venais de vivre, je ne savais plus du tout où j'en étais et je me sentais totalement épuisé.

Il faisait nuit dehors quand je me suis réveillé. Il y avait un message de Norah qui disait que mon père était retenu à Bruxelles. Sur la table de la cuisine, Mme Bin Son m'avait laissé un mot pour m'expliquer qu'elle n'avait pas osé me réveiller et qu'il y avait de quoi manger dans le four. J'avais dormi au moins trois heures, si profondément que je n'avais entendu ni le téléphone ni la sonnette à la porte. J'avais dormi sans rêver, d'un sommeil de mort.

Je me sentais mal, moralement cette fois. Terriblement déprimé. De retour dans le salon, j'ai ouvert la baie vitrée pour laisser entrer un peu d'air. Sa puanteur m'a sauté au nez. J'y étais accoutumé depuis toujours, comme tout le monde, et d'habitude je n'y faisais même plus attention. Mais cette fois, avec en moi le souvenir précis de la pureté de l'air que j'avais respiré l'après-midi même, celui de Paris me semblait insupportable. Il pleuvait à verse, et le ciel orangé roulait des nuages malsains. Pour la première fois, le bruit de la circulation me paraissait un épouvantable vacarme. Et puis mon corps m'embarrassait. Je me sentais lourd, maladroit, archaïque. Surtout, une douleur m'étreignait le ventre, comme une fièvre, un sentiment d'attente, de regret, de vide. C'était similaire à la faim, sauf qu'il ne suffisait pas d'ouvrir le frigo pour la faire disparaître. Dans mon esprit, dans mon corps, était gravé ce moment où Mel avait tendu sa main vers la mienne. Et j'éprouvais un besoin vital de ce contact. Je brûlais de sentir sa peau contre la mienne, sa chaleur, sa douceur. Ce désir impossible à assouvir était exaspérant. Il me rendait malade, et ôtait tout sens à ma vie. J'étais en manque de Mel.

Sans réfléchir davantage, et sans plus aucune précaution pour brouiller les pistes, je me suis connecté au site de la banque de mes grands-parents. Les codes avaient changé, mais en trente minutes (mon ordi ne vaut pas ceux du lycée), je les avais de nouveau brisés. J'ai effectué un virement de mille huit cents euros vers le numéro de compte anonyme de Iannis. Puis je lui ai envoyé un mail pour lui dire qu'il fallait qu'on se voie au plus vite.

# 20

**Goran – 01/05**

J'ai touché le fond. J'ai vu de mes yeux la lie du monde.

À 18 heures à Chartres, même Iannis ne fait plus le malin. J'ai vraiment eu peur, cette fois. Il y avait une telle violence, une telle haine qui se dégageait de cette faune inquiétante… Des prostituées de tous âges à chaque coin de rue, des bandes qui font régner la terreur, des gamins à l'évidence shootés aux Thrills ou au PulpX, des mendiants crasseux… La place de la cathédrale grouillait de trafiquants, de marchands ambulants, de dealers. Un monde sans contrôle, sans règle, sans loi.

Iannis était pressé de partir. Ce salaud ne m'a donné que deux doses, m'expliquant que l'autre fois, il m'avait fait un prix d'ami. Maintenant, c'était huit cents euros le tube. Ce n'est que de retour à la maison que je me suis rendu compte qu'il m'avait floué de deux cents bocks. Mais je m'en fous. Je n'en peux plus d'attendre. Je veux fuir cette vie tellement sinistre. Je veux retrouver la grâce du monde de Mel.

Avant de me quitter, Iannis m'a tout de même précisé qu'il ne faut jamais utiliser deux doses à moins de douze heures d'intervalle. C'est bon. Il est 23 heures. Plus d'un jour est passé depuis que Mel a disparu en me tendant la main.

# 21

**Serge – 02/05**

Je dors de moins en moins. Je suis de plus en plus irritable, exaspéré, nerveux. Il faut dire que les deux jours que je viens de passer avec Sylvia dans le laboratoire qu'on lui a aménagé à l'AZ-VUB de Bruxelles n'ont rien fait pour me calmer. Même si aujourd'hui, j'en sais vraiment plus sur l'E-den. Sur ce point-là au moins, Sylvia ne s'est pas moquée de moi.

Il y a deux jours, on a installé le matériel dont Madame prétendait avoir besoin, et elle s'est immédiatement mise au boulot, ce qui m'a plutôt surpris, je dois l'avouer. Je m'étais dit qu'elle allait sûrement encore chercher à gagner du temps. Mais non. Au contraire. Presque instantanément, elle a abandonné le look femme d'affaires pour celui de scientifique, avec blouse blanche et petites lunettes. Métamorphosée, une fois de plus. Les flics belges qui restent avec moi pour la surveiller n'en ont pas cru leurs yeux. Et j'ai dû les mettre de nouveau en garde : même déguisée en scientifique, Sylvia est toujours un danger public. Consigne numéro un : ne pas se laisser impressionner. Consigne numéro deux : ne pas la lâcher d'une semelle.

Pour ce qui est de ma consigne numéro un, pourtant, je suis obligé de reconnaître que moi, ce soir, elle m'a impressionné.

Elle a passé le plus clair des deux derniers jours dans son labo, une pièce exiguë située au même étage que le « Marché ». Elle y a fait de nombreuses analyses dont le but m'échappe. Elle a aussi réussi à mettre plusieurs patients sous oniromètre sans que je sache en quoi cet engin est plus intéressant qu'un banal encéphalogramme. Pendant qu'elle travaillait, je me tenais dans un réduit juste à côté, une sorte de secrétariat avec un vieux bureau sur lequel j'avais posé mon radiotéléphone. J'y potassais mes dossiers, j'y discutais avec mes collègues belges, avec le personnel de l'hôpital, et surtout, je ne perdais pas de vue ma prisonnière de luxe.

Tout à l'heure, alors que la fatigue était déjà en train de m'alourdir les paupières, je commençais à me convaincre que Sylvia était en train de nous mener en bateau quand, bien sûr, elle m'a encore une fois pris au dépourvu.

Vers minuit, elle est sortie de son labo. Elle avait vraiment l'air épuisée. Une paire de lunettes de protection autour du cou, ses cheveux courts en bataille, le col de sa blouse ouvert (ce qui m'a permis de voir que le joli « hurleur » était toujours là), elle s'est approchée et s'est assise à même le bureau de bois sale.

Elle a sorti une cigarette d'une de ses poches et l'a allumée en me dévisageant de son regard perpétuellement amusé. Puis j'ai eu droit à un cours magistral, grâce auquel je sais désormais tout sur cette drogue.

– C'est bien ça, Serge… a-t-elle déclaré en soufflant un nuage de fumée vers le plafond.

– Quoi ? j'ai répondu, méfiant. Ton Éden, là ?

– « Mon » E-den, oui, comme tu dis…

– Et alors ?

– Alors, oublie ce que tu crois savoir sur les drogues. Oublie le PulpX, la HighCoke, les Dracula… Oublie toutes ces merdes… Ça n'a absolument rien à voir. En fait, le seul rapport, c'est le mode de prise, par injection. Pour le reste, on est dans un autre monde…

Elle a eu un petit sourire bizarre.

– Tu as bien sûr compris à quoi correspond le « E » de « E-den », non ?

– Hein ? Le « E » de…

– Oui, « E », comme dans *e*-mail, *e*-business… Je suppose qu'on pourrait parler d'*e*-drug… Serge, ce qui a planté ces gens qui sont allongés à côté, là, c'est sans doute la première drogue électronique jamais commercialisée…

Ce qu'elle disait commençait à me coller le vertige, pour ne pas dire la trouille. Une drogue électronique ? Qu'est-ce qu'elle racontait ?

– Les analyses que vous avez pu faire des résidus qui se trouvaient dans les pisto-seringues, elles ont donné quoi ?

– Pas grand-chose…

– Ils n'ont trouvé qu'une protéine de synthèse

dont ils ne comprennent pas la fonction, c'est bien ça ?

– Oui, mais…

Comment en était-elle arrivée si vite à ces résultats alors qu'elle n'avait pas demandé à consulter le dossier de l'affaire ? Quant aux fiches des patients du « Marché », elles ne faisaient pas mention de la protéine qui n'était encore qu'une pièce à conviction en cours d'analyse. Sylvia en savait déjà beaucoup, et elle n'avait pas fini de m'étonner.

– Bien. Moi, je vais te dire à quoi elle sert, cette protéine. C'est très simple. Elle a uniquement pour but de neutraliser la formation réticulaire, la partie du cerveau qui, si tu veux, joue un peu le rôle de centrale de distribution des messages sensoriels en provenance de l'ensemble de notre organisme. Quand cette zone est active, on conserve une conscience éveillée. Si l'activité de la formation réticulaire baisse d'intensité, on commence à avoir envie de dormir. Chez certains sujets, ça peut donner des hallucinations. Et si tu neutralises complètement cette zone, tu pars en transe… ou dans le coma…

– Tu es en train de me dire que ces gens se sont juste piqués pour s'injecter une protéine de synthèse qui les a plongés dans le coma ?

– Évidemment non. Ils se sont piqués pour les mêmes raisons qui poussent tous les toxicomanes de la planète à consommer des drogues plus ou moins dures… Pour fuir le monde qui les entoure, Serge… Et c'est là où l'E-den est supérieur à n'importe quel autre produit en circulation. Avec lui, pas de trip incohérent, de flashes de couleur, de kaléidoscopes délirants ou de sensations de vol ou de nage... Ce que t'offre l'E-den, c'est vraiment une autre réalité, une réalité si géniale, tellement plus belle que la nôtre, que tu n'as plus jamais envie de redescendre sur Terre !

Je n'ai pu m'empêcher de faire la moue.

– Et simplement avec une protéine ? Mais qu'est-ce qu'elle contient, ou plutôt, qu'est-ce qu'elle déclenche, en dehors d'un risque de coma ?

– Rien... Ce n'est pas elle l'élément essentiel de l'E-den. En fait, tout se passe lors de la première prise, c'est ça qui est diabolique avec ce truc. Dès la première prise, tu es sûr d'être accro...

J'ai secoué la tête, horrifié. Accoutumance dès la première injection ! C'était diabolique, en effet. Impossible de « seulement goûter », de se piquer « pour voir », ou juste une fois pour dire d'avoir fait comme les autres, autant de prétextes derrière lesquels les consommateurs de drogues se réfugient souvent. Une prise, une simple prise, et on ne peut plus s'en passer. L'horreur absolue.

La sueur a commencé à me couler dans le dos. Ici, nous n'avions qu'une trentaine de victimes, mais combien de gens avaient déjà « essayé » l'E-den et étaient donc menacés de finir eux aussi dans le coma ?

– Qu'est-ce qu'il y a dans la première dose ? Quelle saloperie ils ont pu y mettre ?

Sylvia m'a regardé d'un air grave avant d'écraser sa cigarette dans un cendrier de verre noirci par l'usage.

– Des robots...

Je me suis brusquement redressé dans mon inconfortable fauteuil grinçant.

– Quoi ?

– Enfin, pas exactement. Plutôt des nanobots, à peu près de la taille d'un neurone, tu vois ce que je veux dire ?

– Pas vraiment, non, mais j'imagine que c'est invisible à l'œil nu…

Je n'étais pas très sûr de comprendre ce qu'elle me disait, ni même de la croire, mais il fallait que j'écoute la suite.

– On va dire ça comme ça, oui. En gros, ce sont des petits bijoux de technologie qui ne dépassent pas la taille de quelques centièmes de micron.

– Et qui servent à quoi ?

Je sentais l'énervement qui remontait lentement en moi. Avec sa façon de distiller les informations une par une, au compte-gouttes, Sylvia se livrait une fois de plus à son passe-temps favori : se jouer de moi.

– Dans la première dose d'E-den, il y a une vingtaine de nanobots, peut-être un peu plus. Chacun est soigneusement programmé. Une fois injectés dans le sang, ils remontent de façon autonome jusqu'au cerveau. Chacun a un rôle différent à tenir. Certains vont se fixer sur le thalamus, l'élément du cerveau qui filtre les messages sensoriels tels que la chaleur, la douleur, le toucher. D'autres se déploient dans l'aire visuelle primaire, la zone où sont gérés les messages rétiniens primaires. Autrement dit, ils s'occupent des yeux. Quelques-uns complètent le tableau en s'installant dans l'aire auditive primaire. Et ensuite, ils attendent…

– Ils attendent ?

– Ils attendent que la protéine de synthèse fasse sa part du boulot, c'est-à-dire qu'elle neutralise la formation réticulaire et envoie ainsi l'utilisateur dans un sommeil artificiel. Et là, les nanobots entrent en jeu : partout où ils se trouvent, ils font office d'émetteurs-récepteurs, de relais, et saturent littéralement le cerveau d'informations virtuelles. Le sujet ne dort pas, il « est » véritablement ailleurs, puisque ses organes sensoriels sont sollicités par ces machines. C'est comme s'il était dans un jeu virtuel en immersion totale, sauf qu'au lieu de devoir porter une combinaison intégrale, avec exosquelette, gants de données, lunettes panoramiques et casque audio, il est totalement lui-même.

– Je crois que je commence à comprendre… Les robots, là, jouent le rôle de la combinaison de VR, mais une combinaison qui serait directement greffée dans le cerveau du joueur…

– Exactement, Serge. Par conséquent, réalisme assuré, parce qu'il n'y a plus besoin d'enfiler une combinaison, plus besoin d'entrer dans un lieu spécial. Ton jeu, tu te le paies chaque fois que tu t'achètes une dose…

– Donc, les doses achetées après la première ne contiennent plus de robots, c'est ça ?

– C'est ça. Juste la protéine qui met la conscience en rideau et qui permet ainsi aux joujoux microscopiques de reprendre leurs émissions…

– Mais alors, tu prétends que nos endormis, là, sont en train de jouer en réseau dans un autre monde ?

– Puisqu'ils sont dans le coma, ça veut dire a priori qu'ils sont en permanence dans l'autre monde, oui. Mais tu sais, Serge, je crois que le terme de jeu n'est pas le bon. Quand tu es dans un jeu, aussi sophistiqué soit-il, tu le sais toujours plus ou moins, et tu peux en sortir quand tu veux. En arrachant tes lunettes panoramiques, par exemple. Alors que là, tu ne peux rien faire quand tu es parti. Si tu es complètement déconnecté au niveau conscience, tu es ailleurs, c'est tout. Comme quand tu rêves et que sur le moment, ce rêve te paraît bien réel… Enfin, je suppose. Personnellement, je n'ai jamais essayé…

L'ampleur de ce qu'elle venait de m'apprendre me sidérait.

– Cet « ailleurs », cet « autre monde » dont tu me parles, c'est quoi ?

– Je n'en suis pas vraiment sûre… Un monde virtuel, structuré, dont le logiciel est en partie implanté dans les nanobots, mais qui doit être géré depuis un central quelconque, un central qui émet les modifications d'informations et qui pilote l'évolution du monde en question pour que ceux qui s'y trouvent aient l'impression de vivre une existence différente, mais parfaitement logique…

– Merde, j'ai murmuré. C'est un projet gigantesque ! Ça a dû coûter des centaines de milliards…

Sylvia a repris son sourire moqueur.

– Je crois que les bénéfices doivent largement compenser les investissements en question.

Je me suis levé. J'avais besoin de réfléchir aux implications de ce qu'elle venait de me dire. Et puis j'avais d'autres questions à lui poser. Par exemple :

comment avait-elle pu comprendre tout ça au bout de deux malheureux jours de travail dans son laboratoire improvisé ?

Mains sur les hanches, la nuque raide, je me suis tourné vers elle.

– C'est dingue, j'ai dit. Qui a bien pu accoucher d'une idée aussi tordue ?

Son sourire magnifique s'est élargi.

– Moi…

# 22

Cette fois, Goran Poiret ne s'attarde pas aux beautés de l'E-den. Il marche vite, si vite même que, sans qu'il s'en rende compte, il brûle des étapes seulement en se concentrant sur la suivante. Il parcourt insensiblement des rues entières en un seul pas. Une avenue défile en un dixième de seconde et, un peu étourdi, le garçon se retrouve au pied de la colline que surplombent les maisons du quartier de Mélanie Gréhant. D'un regard, il est devant sa porte.

Ce n'est pas Mel qui ouvre, mais une femme mûre qui lui ressemble.

– Heu… Bonjour, je suis…

– Goran, je suppose ? répond la femme en souriant. Entrez. Mélanie m'a beaucoup parlé de vous.

Étonné, le jeune homme pénètre dans la maison et voit Mel apparaître en haut d'un vaste escalier.

– Je vous laisse, dit la femme avant de sortir sous le regard perplexe de Goran.

Soudain, sans qu'il n'ait entendu un seul bruit de pas, Mel est au bas de l'escalier, à ses côtés.

– C’est…
– Ma mère, répond la jeune fille.
– Mais elle est…

Il s’arrête avant de terminer sa question. Mel lui sourit, et ses yeux sont une invite à l’oubli. Goran ne sait plus bien s’il a vraiment entendu Maxime Gréhant dire que sa femme était décédée deux ans plus tôt. Il ne sait d’ailleurs plus rien ; ni où, ni qui il est. Il sent monter en lui un long frisson, et ses jambes peinent un peu à le porter. Ses yeux sont perdus dans ceux de la jeune fille, et une fièvre délicieuse s’étend de son cœur jusqu’aux plus infimes atomes de son corps. Mel tend une main, et cette fois, Goran la saisit. C’est une déflagration en lui, la révélation de sensations inconnues et plus fortes que tout ce que la vie lui a donné à connaître jusqu’à cet instant. Goran en a le souffle court. Insensiblement, Mel se rapproche de lui et les deux adolescents s’enlacent. Mel est plus petite que Goran, et sa joue se pose sur la poitrine du garçon qui ferme les yeux.

Dès lors, plus rien d’autre n’existe pour eux que leurs chaleurs mêlées. Les cœurs battant à l’unisson mais plus vite qu’ils ne l’ont jamais fait, Mel et Goran pourraient rester ainsi, immobiles dans les bras l’un de l’autre, jusqu’à la fin des temps.

Pourtant, ils se retrouvent dehors, découvrant un autre trésor, simple et délicieux : marcher en se tenant par la main. Et jamais E-den n’a été si beau que vu à travers les yeux de Mel et de Goran.

Le garçon se laisse entraîner à travers la ville, et Mel est heureuse d’être son guide. Elle lui fait découvrir ses lieux préférés, les rues dans lesquelles elle aime flâner, les boutiques qu'elle dévalise avec sa mère, les squares où elle s'assied pour écouter le chant des oiseaux. Plus tard, elle lui apprend à maîtriser les techniques de déplacement par la simple volonté de l'esprit, et ils parcourent ensemble des espaces insensés. Enfin, elle l'emmène dans un restaurant où elle a ses habitudes. Assis en terrasse, sous la caresse d'un soleil d'éternel printemps, les deux adolescents s'égarent quelques instants dans les yeux l'un de l'autre jusqu'à ce qu'on leur apporte leur repas. Goran n'a pas faim mais il mange avec plaisir. D'ailleurs, le garçon se rend compte qu'il n'a aucune envie, ici, mais que tout ce qu'il fait est bon.

– Tu n'as jamais été tentée de rentrer ? demande-t-il à la jeune fille.

– Rentrer ? lui répond-elle en fronçant les sourcils.

– Je sais pas… Ton père ne te manque pas ?

Mel ne comprend vraiment pas de quoi Goran veut parler.

– Je n'ai jamais connu mon père ! précise-t-elle enfin.

– Mais…

– Je rêve souvent de lui, par contre. Mais ce sont de mauvais rêves.

Goran a peur de comprendre ce que signifient les mots qu'il vient d'entendre.

– Dans mes rêves, je vis avec un père dans un monde sale et bruyant. On se dispute sans cesse, aussi. Tu ne fais jamais de mauvais rêves, toi ?

– Rarement, répond Goran le cœur un peu serré. Je rêve plutôt d'endroits qui ressemblent à celui-ci !

Goran est maintenant certain que Mel ne fait pas la différence entre la réalité et le monde dans lequel elle croit vivre. Il devine que, pour elle, la vraie vie, son passé, ne sont plus que des cauchemars. Du coup, son plaisir est un peu gâché, et il regarde ce qui l'entoure d'un œil plus méfiant. Surtout, il revoit l'image du corps inanimé de la jeune fille allongée sur son lit. Mais face au visage si réel qui lui sourit de l'autre côté de la table, lui-même se trouble et en arrive à douter de ce qu'il sait encore.

Soudain, Goran se fige.

– Qu'est-ce qui se passe ? lui demande Mel, inquiète.

– J'ai cru voir…

À ce moment, la silhouette aperçue par le garçon sort de l'ombre, et Goran reconnaît sa mère pour de bon. Il se tourne aussitôt pour qu'elle ne puisse pas le voir.

– Qui ? T'as vu qui, Goran ? l'interroge Mel.

– Ma mère.

– Ta mère ? Où ça ? C'est formidable, j'adorerais la rencontrer, tu…

– Surtout pas ! Il ne faut pas qu'elle me voie ici.

– Mais pourquoi ?

Du coin de l'œil, Goran constate que sa mère est passée sans le voir et s'éloigne au bras d'un homme en qui il met du temps à reconnaître son beau-père tant son apparence est améliorée.

– On s'en va, dit alors Goran en se levant avec humeur.

Choqué de découvrir que sa propre mère est une consommatrice d'E-den, une droguée, le jeune homme reprend soudain pied dans la réalité. Pendant un instant, le charme de ce monde artificiel n'opère plus, et Goran ne voit dans les passants, en Mel et en lui-même que des corps inanimés dans la vraie vie.

– Il y a un problème, Goran ? demande Mel en le rejoignant dans la rue.

– Un problème ? répète le jeune homme d'un ton ironique. Pourquoi il y aurait un problème ? On est seulement en train de se promener dans un monde qui n'existe pas, entourés de gens qui n'existent pas. Cet oiseau, là ? Bidon. Cette voiture ? Bidon. Toi, Mel ! Toi, en ce moment, tu es dans un hôpital à Bruxelles ! Et moi je suis allongé dans ma chambre, à Paris. BI-DON ! TOUT ÇA N'EXISTE PAS !

Mel a un mouvement de recul.

– Mais de quoi tu parles ?

– Tu sais très bien de quoi je parle, Mel, répond Goran avec amertume.

En vérité, Mel ne sait pas très bien de quoi parle le jeune homme. Elle le sait vaguement, comme la réminiscence d'un souvenir enfoui depuis trop longtemps. Les mots prononcés par Goran évoquent en elle quelque chose de familier mais dont elle ne parvient pas à pleinement saisir l'origine. Ces mots l'angoissent, aussi. Ils la ramènent à ses cauchemars dans lesquels elle vit avec ce père qu'elle n'a jamais connu mais qui lui semble pourtant si vrai.

Sur le trottoir, les deux adolescents se font face en silence. L'inquiétude aggrave joliment le visage de la jeune fille et Goran sent sa colère s'évanouir petit à petit.

– Pardon, soupire-t-il enfin. Excuse-moi de m'être énervé. Je ne sais plus trop où j'en suis.

Le front plissé de Mel se détend à nouveau et elle lui sourit. Mais ce sourire lui demande un effort. Irrémédiablement, elle le sait, les paroles de Goran ont semé le doute dans son esprit. Pourtant, elle prend sa main dans la sienne et sent aussitôt sa confiance lui revenir.

– Viens ! dit-elle à Goran. J'ai quelque chose à te montrer.

Les Funny Islands, dans la lumière du soir, sont un enchantement tel que Goran n'en a jamais vu. Des lumières, de la musique, une foule à la gaieté communicative, des odeurs sucrées et enivrantes… Goran et Mel ont essayé chaque attraction, hilares, complices. Maintenant, fatigués et un peu grisés par toute cette joie, ils se dirigent vers un recoin isolé de l'une des îles du parc. Goran sent son cœur se dilater à la vue du sublime coucher de soleil qui embrase la baie. Mel l'entraîne sous un petit kiosque en bois planté juste au bord de la mer. La musique et les rires sont loin derrière, et le bruit souple du ressac semble préparer le monde à la quiétude de la nuit. Au loin, un vol paisible d'oies sauvages décrit un grand cercle au-dessus de la mer avant de filer vers l'intérieur des terres.

Goran et Mel sont seuls. Ils se tournent l'un vers l'autre et se regardent avec une soudaine intensité. Sans avoir conscience de faire un seul mouvement, ils se rapprochent, et leurs lèvres se touchent doucement. Goran ferme les yeux et retient son souffle pour mieux savourer celui de Mel contre sa bouche. Un spasme de bonheur brut lui traverse le corps, mais qui lui échappe aussitôt. Soudain, il sent s'évanouir le contact délicieux des lèvres de Mel, et ne voit que du blanc quand il rouvre les yeux. La nausée lui saisit alors brutalement les entrailles.

# 23

**Goran – 02/05**

Même pas eu le temps d'arriver jusqu'aux toilettes. J'ai vomi par terre, dans le couloir. Pourquoi faut-il que le retour soit si dur, avec cette impression de fin du monde et de mort ? Pourquoi, toujours, suis-je rappelé à la réalité au moment de toucher enfin au bonheur. Heureusement que j'ai acheté deux doses à Iannis. Mel est là, quelque part, toute proche. Il suffit d'une pression sur la pisto-seringue.

Je ne peux pas la faire attendre…

# 24

**Serge – 02/05**

Le jet privé de Maxime Gréhant filait au-dessus des nuages, de retour d'une virée à Copenhague dont je me serais bien passé.

À vrai dire, j'étais plutôt content. Avec ce que m'avait appris Sylvia, même si je continuais à me méfier, j'avais le sentiment que nous allions enfin pouvoir progresser. Il restait bien sûr beaucoup de choses à faire. Pour commencer, elle ne m'avait pas dit comment sortir les victimes de leur coma. Ensuite, elle ne m'avait rien révélé non plus du réseau qui était derrière tout ça. Mais au moins, maintenant, j'avais suffisamment d'informations pour me mettre vraiment au travail. Par exemple, si l'on parvenait à récupérer un de ces nanobots dont elle m'avait parlé, il serait peut-être possible de remonter jusqu'à leur fabricant, et de là jusqu'à ceux qui leur avaient commandé ces monstrueux joujoux. Nous ne parviendrions peut-être jamais à coincer les grands patrons, mais nous pourrions au moins gêner le fonctionnement de leur sale commerce. Et plus ils auraient de soucis avec nous, plus ils s'efforceraient de contrer nos actions, moins ils contamineraient de pauvres gens. C'était cette conviction-là qui m'avait poussé à faire ce boulot, au début.

Ce matin, donc, je me suis réveillé à l'hôpital de Bruxelles, et je me suis aussitôt fait le plaisir d'aller réveiller Sylvia en cognant sans ménagement contre la porte de la chambre sans fenêtre qui lui sert de cellule. Sylvia adore traîner au lit, c'est un de ses nombreux péchés mignons, et elle déteste quand on lui torpille ses grasses matinées. Je sais, c'est mesquin, mais j'ai des joies simples.

Je l'ai entendue grommeler. Avec un sourire, je me suis rendu à la salle de bains. Et là, mon téléphone s'est mis à sonner. C'étaient les services du directeur du Bureau européen des narcotiques. En gros, le chef au-dessus des autres chefs dans mon secteur. J'étais attendu à son bureau dès midi. À Cophenhague.

J'ai à peine eu le temps d'appeler Norah à Paris pour lui dire de rappliquer en vitesse, de demander aux collègues belges un hélico ou quelque chose susceptible de m'emmener le plus vite possible jusqu'à Copenhague. Puis j'ai emballé trois ou quatre affaires dans un sac, et au revoir Bruxelles. Pour faire bonne mesure, j'ai laissé Sylvia enfermée dans sa chambre. Norah avait pour mission de la libérer dès son arrivée. Ce n'est pas le moment que la renarde nous file entre les doigts.

J'étais pile à l'heure dans le bureau de Holbrooke,

patron de la lutte anti-drogues à l'échelle de la Fédération européenne.

Holbrooke est un type massif, un peu plus grand que moi, du genre sumotori boudiné dans un costume bas de gamme. Ce n'est pas un rigolo. Disons qu'il a à peu près autant d'humour que la Katorga un jour de grande tempête…

Dès que je me suis retrouvé face à lui, il m'a fusillé de ses petits yeux bleus en perpétuel mouvement. Je savais ce qu'il allait se passer : une bonne engueulade pour bien me montrer qu'il suivait l'enquête de très près et qu'il trouvait qu'elle n'avançait pas assez vite. J'avais l'habitude. Depuis le temps que je travaillais sous ses ordres, c'était toujours le même cinéma. Mais cette fois, j'avais assez de données pour lui clouer le bec. Ce que je n'avais pas vraiment prévu, en revanche, c'était la présence de Maxime Gréhant, assis dans un large fauteuil, dos à la baie vitrée qui dominait le port de Copenhague. Était-il venu jouer les pères éplorés ou les candidats engagés dans la lutte contre la drogue ? Était-il venu se plaindre ou presser mon chef d'activer les choses ? Je n'en avais aucune idée, mais cette histoire prenait un tour qui me déplaisait singulièrement.

Holbrooke a donc entamé son numéro. L'enquête traînait (il n'avait pas tort), je n'avais rien de nouveau (là, il se trompait), et surtout, j'avais commis une grave erreur en faisant libérer Sylvia Corso. Comme tous les chefs, il avait la mémoire courte, puisqu'il avait lui-même donné son feu vert. Mais bon, les chefs ont toujours raison, même quand ils ont tort, c'est bien connu. Il avait déjà une montagne de récriminations des familles des diverses victimes directes ou indirectes de ma « copine », qui s'entassaient sur son bureau, et ça n'était pas fini. Ça commençait même à gronder en très haut lieu. D'ailleurs, à ce propos, M. Gréhant avait lui aussi beaucoup à dire sur mes méthodes… Et ce dernier y est donc allé à son tour de sa plainte sur un ton froid et détaché : je faisais courir des risques aux comateux en les exposant à une criminelle aussi dangereuse que Sylvia Corso, sa présence risquait d'alerter les médias… Et patati et patata… En résumé : j'étais mal parti.

J'étais habitué à ce manège. Depuis le temps, j'avais compris que, si un problème surgissait, ces messieurs de pouvoir avaient toujours besoin d'un bouc émissaire, d'un fusible à faire sauter en cas d'urgence. Dans ce genre de situation, même quand je suis enlisé dans une enquête, j'opte toujours pour la même attitude : je réponds, le plus calmement possible, que mon équipe est en train d'accumuler des éléments qui devraient nous permettre d'aboutir au plus vite. Dans le même temps, je m'arrange pour ne pas trop en dire. Professionnellement, Maxime Gréhant n'avait rien à faire là. Il n'est pas notre ministre. Juste un candidat dont je me demande parfois s'il ne craint pas plus pour sa carrière que pour sa fille. Par conséquent, en sa présence, pas question de parler de ce que m'a déjà révélé Sylvia. Ce n'est pas que je n'aie pas confiance en lui, mais chacun sa spécialité. Lui fait de la politique, et moi mon boulot de flic : j'essaie de coincer les salauds qui ont plongé Mélanie et les autres dans le coma.

On est sortis de chez Holbrooke une heure et

demie plus tard. Gréhant et ses gorilles étaient avec moi dans l'ascenseur. Là, le politicien m'a surpris :

– Si vous voulez, vous pouvez rentrer avec nous à Paris, monsieur Poiret…

En fait, j'avais prévu de retourner à Bruxelles. Mais je me suis dit que j'en profiterais pour passer un moment avec Goran.

– De toute façon, a-t-il ajouté, demain, je compte me rendre à Bruxelles, pour voir ma fille…

Un peu perplexe, j'ai accepté. Et voilà comment je me suis retrouvé à bord du jet privé du candidat au poste de gouverneur de France.

Au départ, ça s'est plutôt mal passé. On est d'abord restés un long moment silencieux. Puis il a posé une question et je me suis laissé emporter, je crois.

– Pourquoi a-t-elle fait ça, monsieur Poiret ?

Je l'ai regardé, incrédule.

– Quelle question ! Elle a réussi à se procurer cette saleté, elle a réussi à s'overdoser chez vous, et vous ne voyez pas pourquoi elle a fait ça ?

Il a pâli. Je ne sais pas si c'est à cause de mon ton ou à cause de ce que je disais.

– Réfléchissez, Gréhant ! Sa mère est morte, elle est fille unique, vous êtes tout ce qui lui reste et vous n'êtes jamais là ! Je sais, vous allez me parler de votre carrière, de vos responsabilités ! Je connais par cœur. Ce sont des arguments que j'ai un peu trop souvent entendus dans mon boulot. Votre fille est seule. C'est une adolescente qui ne sait plus où elle est, qui se noie. Une gosse qui a besoin de son père.

Un peu grandiloquent, mais ça l'a laissé sans voix. Surtout que j'en ai rajouté une couche :

– Je vous l'ai dit. Si je peux, je la sortirai de là, elle et les autres. Nous progressons. S'il y a un moyen de stopper ce coma, je le trouverai, croyez-moi !

Il s'est contenté de hocher la tête.

– Vous avez des enfants, monsieur Poiret ?

– Un fils…

– Ah oui, c'est ce jeune garçon qui était avec vous le soir où Mélanie…

Il s'est interrompu un instant.

– Pourquoi était-il avec vous ce soir-là, déjà ? a-t-il fait d'un air intéressé.

Je lui ai donc raconté plus en détail l'histoire de nos vacances ratées, à Goran et moi. Je lui ai aussi parlé de mon boulot qui m'accapare, de ma vie qui va trop vite, et il a eu l'air de compatir. Puis il m'a dit :

– Vous voyez, monsieur Poiret, vous aussi, vous vous consacrez d'abord à votre carrière, à vos responsabilités. Votre fils aussi doit se sentir seul… Suivez les conseils d'un père qui a trop tardé à comprendre, monsieur Poiret. Faites attention à lui…

J'en étais encore à ruminer ses déclarations quand son jet à décollage vertical s'est posé en sifflant sur le tarmac de l'héliport de Levallois. C'est là que j'ai vu Norah qui m'attendait en bout de piste. Norah, qui aurait dû rester à Bruxelles, et qui avait rappliqué à Paris en catastrophe pour être sûre de me trouver.

Un affreux pressentiment m'a aussitôt noué l'estomac.

# 25

**Serge – 03/05**

Je viens de passer la soirée la plus horrible de ma vie. Je n'avais rien connu de tel. Mon gosse, mon Goran, est dans le coma ! Il s'est shooté ! Comme les autres ! Et comme tous les parents dans cette situation-là, à l'image de Gréhant quelques heures plus tôt dans son avion, je n'ai pu que me poser l'éternelle question : pourquoi ? Pourquoi mon gamin que j'aime tant, que je croyais si bien connaître, en qui j'avais une confiance absolue, a-t-il fini par prendre de cette merde ? Il devait être si malheureux, si seul, et je n'ai rien vu, RIEN !

Tandis que Norah m'emmenait à l'hôpital, je me repassais en boucle l'avertissement de Gréhant. Au lieu de faire de la politique, il aurait dû s'orienter vers la voyance !

Norah était également sous le choc. Elle a essayé de m'expliquer comment ça s'était passé mais j'étais trop abattu pour l'écouter. J'ai juste retenu qu'elle avait été prévenue par des copains de Goran qui étaient venus le voir, Péri et un autre, un certain Jorn, je crois. Elle m'a dit aussi avoir appelé mes parents, qui, théoriquement, seraient déjà à l'hôpital. Elle avait même contacté Katrina, mon ex-femme.

J'ai traversé les couloirs du centre hospitalier façon zombie, à peine dérangé par l'horrible odeur de désinfectant indissociable de ces lieux et de la peur animale qu'ils nous inspirent toujours. En fait, je n'ai repris conscience que quand Norah a poussé la porte d'une chambre dont j'ai oublié le numéro, et que je l'ai vu, lui, allongé sur ce lit froid et blanc, relié à d'horribles appareils qui soufflaient et tintaient.

Dès que ses copains l'avaient retrouvé, ils avaient appelé les pompiers. Mais il est évident que mon fils devra partir à Bruxelles. Lui aussi aura droit à sa place au « Marché » ! Pris entre le désir de hurler, de tout casser et de pleurer, je me suis approché de lui. Il n'y a pas longtemps qu'il est dans le coma, et on dirait qu'il dort. J'ai retrouvé sur ces traits ceux du petit garçon inquiet que j'ai toujours connu, et toujours rassuré, autant que je me souvienne. Mon compagnon de jeux, souvent, mon partenaire de discussions, parfois, de disputes, aussi. Mon sang, ma chair. Mon fils, qui a grandi sous mes yeux en faisant ma fierté mais dont je ne sais rien ou presque. Mon petit qui s'est débrouillé pour se procurer la dernière drogue à la mode, et qui s'est overdosé quasiment sous mon nez.

Les pensées se bousculaient en désordre dans ma tête tandis que je le regardais, allongé, intubé et sous perfusion. Brutalement, une main lourde s'est abattue sur mon épaule. Une main que je reconnaîtrais entre toutes. Celle de mon père. Quand j'étais entré dans la chambre, mes yeux avaient bien enregistré la présence de son énorme silhouette, au pied du lit, ainsi que celles de deux autres personnes, mais sur le moment, mon esprit, lui, n'y avait prêté aucune attention.

– Serge, a fait mon père d'une voix peinée. J'aurais dû te prévenir…

– Me prévenir de quoi ?

– Je savais que Goran détournait de l'argent sur mon compte, mais je n'ai pas voulu t'en parler, de peur que tu ne lui gueules dessus…

– Quoi ? Il t'a…

Le petit univers que j'avais essayé de bâtir en prenait un sale coup. D'abord mon gosse qui se drogue, puis – mais j'aurais dû m'en douter – l'élément indissociable : le vol. Il avait volé son grand-père qu'il admirait tant pour s'acheter sa came ! Mais qu'est-ce qui s'était passé ? Qu'est-ce qui lui était arrivé ? Et toujours cette maudite question : pourquoi ?

– Serge…

Ça, c'était ma mère. Elle adore Goran, peut-être plus encore que mon père. Elle allait sûrement me demander de le pardonner, de le comprendre, de ne pas lui en vouloir. Mais ce n'était pas la peine. Je n'avais envie que d'une chose : que mon fils ouvre les yeux, là, maintenant, et qu'on passe vite à la scène des retrouvailles heureuses !

Maman n'a rien dit et s'est approchée pour me serrer dans ses bras. Exactement ce dont j'avais besoin. Sans doute ce dont elle avait besoin aussi.

Derrière moi, j'entendais Norah qui étouffait un sanglot. Elle aussi aime Goran. Petit crétin ! Tu ne voyais donc pas qu'on t'aimait comme des dingues, que tu étais notre seul intérêt dans la vie, que… Je sens que je pars en vrille, que je n'arrive pas à me concentrer alors qu'en fait, il faudrait que je réfléchisse posément.

J'ai trouvé la force de parler.

– P'pa, m'man, merci d'être là. C'est bien…

Mon père a hoché la tête. Ça, lui, il a toujours été là, même quand son restau à Dinard lui demandait un travail de titan, au début. C'est vrai aussi qu'il a toujours eu maman pour l'aider. Alors que moi… C'est là que je me suis enfin décidé à considérer la troisième silhouette : Katrina, mon ex. Je peinais à la reconnaître. Il y a longtemps que je ne l'ai pas vue, et elle s'est fait refaire un certain nombre de choses. Goran état au courant car il zappait souvent sur elle à la télé.

– C'est bien que tu sois venue aussi…

Elle a ébauché un petit sourire gêné et m'a pris la main une fraction de seconde avant de la lâcher. Il s'était passé trop de choses entre nous pour que nous puissions nous retrouver complices, même dans la douleur. Si Goran avait vu cette scène pitoyable, il aurait sûrement rigolé. Mais Goran n'était pas là. Il était, il est dans cet ailleurs qui m'échappe complètement. Un ailleurs dont je vois mal comment le faire revenir. À moins que…

J'ai passé la nuit assis sur le lit de Goran, dans notre appartement, à contempler sans les voir les éléments de son environnement : ses posters de groupes que je connais vaguement, son ordi et le système *surround* multipoints qu'il a étoffé au fil des années, des boîtiers de disques et de jeux, une étagère couverte de vieilles figurines poussiéreuses dont certaines étaient à moi, ses sachets de comprimés soigneusement rangés à côté de l'unité centrale, des fringues éparpillées, des chaussures. Des grandes chaussures, pour homme. Alors que tu n'es qu'un gamin, mon Goran, et que tu n'as que moi pour te sortir de là.

Et moi, pour te tirer du cauchemar où tu nous as plongés, je n'ai que Sylvia.

# 26

La nuit est tombée depuis longtemps sur E-den, et Mel et Goran ont appris à se parler sans mots. Par les yeux, par les mains, par les lèvres muettes. Leurs regards sont allés bien au-delà de tout vocabulaire, leurs lèvres se sont soudées pour des promesses infinies. Chacun a puisé en l'autre un souffle de vie bouleversant. Un peu d'éternité. Muets de bonheur, ivres l'un de l'autre, ils s'entendent sans avoir besoin de se parler.

Non loin de la maison de la jeune fille, ils sont assis sur l'herbe d'où s'échappe une chaude et pleine odeur de terre et de chlorophylle. À leurs pieds, au bas de la colline, la mer noire miroite sous les rayons d'argent de la lune.

Les deux adolescents s'apaisent. Momentanément repus, rassasiés de baisers, main dans la main, ils se laissent tomber en arrière et s'allongent sous les étoiles. Goran est subjugué par la beauté du ciel qui lui remet en mémoire les récits de son grand-père. Récits d'un temps où sur Terre, avant la pollution, les nuits étaient également étoilées. Le regard du garçon se perd dans cette insondable multitude de feux scintillants et il se sent perdre pied. Goran comprend qu'il est en train de céder à l'E-den, mais il n'a pas la force d'y résister. Ses repères vacillent, le présent, le passé, la réalité... Tout se confond en un seul bien-être qui se suffit à lui-même et ôte signification à ce que le jeune homme, en quinze ans, a appris de la vie.

Pourtant, au moment où il va définitivement s'abandonner à ce nouveau monde, un son le rappelle à la raison. Un sanglot étouffé. Goran se redresse et se penche sur le visage de Mel. Une larme y dessine un sillon d'argent.

– Mel... Pourquoi tu pleures ?

Un deuxième sanglot secoue la jeune fille, plus long.

– Qu'est-ce qui se passe, Mel ?... Parle-moi...

L'adolescente ouvre les yeux, baignés de larmes, dans lesquels se reflète la lune.

– Je ne sais plus qui je suis, murmure-t-elle d'une voix tremblante. Ce que tu m'as dit...

Goran comprend aussitôt à quoi elle fait allusion. Pris d'un élan de tendresse, et tellement peu sûr désormais de ce qui est vrai ou faux dans ce monde et dans l'autre, il s'apprête à dire à Mel qu'il s'est trompé, que ce qui les entoure n'est pas fictif, que ces étoiles existent, cette herbe, cette mer et son odeur salée, qu'elle-même est bien là, et non dans le coma, à Bruxelles. Mais la jeune fille poursuit sa confession, et Goran l'écoute :

– Tu sais, Goran, ce que tu m'as dit... c'est comme

si ça avait réveillé des souvenirs. Comme si j'avais toujours su ce que tu m'as dit, mais que c'était caché quelque part en moi. Je ne sais plus qui je suis, ni où je suis. Je suis perdue, Goran.

– Ne t'en fais pas pour ça, tu...

– Non, Goran. J'ai besoin que tu me dises la vérité. J'ai besoin de toi.

Alors Goran, cherchant en même temps à se convaincre lui-même, raconte à Mel. Leurs pères réunis autour de son corps dans sa chambre, les catalepsies, Iannis, Chartres, la drogue, la pisto-seringue, les nausées... La vérité afflue en Mel qui comprend aussitôt qu'elle ne l'a jamais ignorée. Silencieuse, elle écoute mot après mot son monde s'écrouler. Elle a l'impression qu'une main géante lui a empoigné le cœur et le serre avec rage. Sa vie n'est qu'un mensonge, un rêve, et ses cauchemars sont la réalité. Une seule chose la retient au bord du néant : Goran. Elle ne sait rien de lui, et sans doute leur amour naissant n'est qu'une illusion de plus, mais il est là, venu de son plein gré se jeter dans ce monde factice. Venu pour elle, après seulement un regard sur son corps sans âme, là-bas, dans ce qu'il appelle la réalité. Que cet inconnu ait fait ce chemin pour elle la bouleverse au point de chasser cette envie de mort qui l'étreint depuis que la vérité lui est revenue.

Quand Goran arrête son récit, le jour pointe déjà au-dessus de la Whale Bay. Une clarté encore trouble, bleutée et diffuse, esquisse les formes et les contours. Depuis longtemps, la lune a parcouru son chemin, et les étoiles commencent à s'éteindre une à une, si proches qu'on croirait les entendre tinter. Goran est épuisé par son récit, par la gamme des émotions traversées en cette nuit partagée avec Mel. Leurs mains ne se sont pas quittées, et quand le garçon dépose un baiser dans la paume de la jeune fille, cette dernière lui sourit doucement.

– On va rentrer, dit-elle d'une voix calme.

– Rentrer ?

– Là-bas. Dans ton monde. Dans mon monde.

Soudain, Goran sent la panique le gagner, la peur de perdre Mel.

– Mais tu sais, au fond, qu'est-ce que ça fait, tout ça ? On est très bien, ici, c'est même mille fois mieux ! C'est quoi, la réalité ? Pourquoi on ne déciderait pas nous-mêmes de ce qui est vrai ou faux ? Pourquoi on ne choisirait pas la vie qu'on veut mener ?

– Non, répliqua Mel d'une voix posée.

– Mais…

– Non. Je veux te connaître Goran. Je veux te rencontrer, tel que tu es vraiment.

Goran ne trouve rien à répondre et un long silence s'installe entre eux deux. Puis le garçon se penche sur Mel pour déposer un baiser sur ses lèvres.

– Alors on y va, déclare-t-il en faisant mine de se lever.

– Pas tout de suite, réplique la jeune fille. Une dernière chose ici…

Le ciel est maintenant d'un bleu parfait au-dessus d'Evergreen et de la baie. Un long sifflement monte de la mer et Goran sent la main de Mel serrer la sienne un peu plus fort. Des sillages, à peine des ombres, apparaissent sous la surface de l'eau. Goran en compte huit. Soudain, un dos émerge, gigantesque et majestueux. Des baleines ! Comme dans les films et les livres. Ces animaux mythiques disparus de la Terre bien avant sa naissance. Le ballet commence, et Goran sent une forte émotion le gagner. Il regarde furtivement Mel qui lui sourit, heureuse de partager avec lui ce spectacle qui n'a jamais été aussi beau que contemplé à côté de cet étrange compagnon. Les baleines s'accompagnent de leur chant, roulant et tournoyant dans la mer pour le seul plaisir des deux adolescents. La mélodie monte, sifflements et vibrations mêlés en un concert dont ils savourent chaque instant. Enfin, deux des baleines, les plus jeunes, jaillissent en même temps de l'eau, tout entières, avant de retomber avec fracas dans une explosion d'écume.

– On peut y aller, maintenant, dit Mel en retenant ses larmes.

La place d'accueil d'E-den vibre de l'excitation des nouveaux arrivants. En s'approchant du vaste guichet central, la main de Mel dans la sienne, Goran est soudain pressé de retrouver le vrai monde. Il pense à son père, à Péri, à Mme Bin Son, à Norah, et est impatient de leur présenter Mel. Il ne peut s'empêcher de sourire en imaginant la surprise de son père quand il verra que son fils a résolu son enquête. Il s'avance vers une hôtesse qui lui présente un sourire parfait.

– On voudrait sortir, lance le jeune homme d'une voix joyeuse.

– Sortir ? répond l'hôtesse en fronçant les sourcils.

– Oui. Sortir. Mel et moi, on veut sortir.

– Mais sortir où, Goran Poiret ? Le choix des mondes extérieurs actuellement disponibles est le suivant...

Goran ne comprend pas ce que veut dire l'hôtesse et se tourne vers Mel.

– Elle parle des options, explique la jeune fille. Pour ceux qui veulent, il y a des sas d'options, des mondes où on peut vivre n'importe quelle aventure. Ça va des contes de fées aux trips les plus glauques...

– Non, non, dit alors le garçon à l'hôtesse. On veut sortir d'ici ! Retourner... Heu... Là-bas, enfin... d'où on vient, quoi !

– Je ne comprends pas votre demande, Goran Poiret.

– C'est pourtant simple, réplique le jeune homme d'une voix où pointe déjà l'énervement. On veut partir, retourner dans le vrai monde.

Les yeux bleus de l'hôtesse clignent deux fois, puis encore une. Ses sourcils se relèvent et son sourire parfait revient soudainement.

– Que puis-je faire pour vous, Goran Poiret ?

La peur, brutale, déferle dans les veines du garçon. Il se tourne vers Mel et lit dans son regard qu'elle vient de comprendre la même chose que lui. Il n'y a pas de sortie. Et l'avertissement de Iannis lui revient en mémoire : il ne faut jamais utiliser deux doses d'E-den à moins de douze heures d'intervalle.

# 27

**Serge – 03/05**

Sylvia est en train de faire ses bagages, et on dirait qu'elle a compris qu'il était inutile de s'amuser à me faire poireauter, pour une fois.

En fait, elle a dû comprendre dès qu'elle m'a vu débarquer à l'AZ-VUB quelques heures plus tôt. À peine arrivé à l'hôpital, j'ai foncé droit sur sa chambre, fait signe aux flics belges en faction de dégager, et j'ai tambouriné à sa porte. Puis, sans attendre, j'ai ouvert.

– Comment on les sort de là ? j'ai demandé alors qu'elle se redressait sur son lit.

Les yeux fermés, grimaçant pour se protéger de la lumière, elle a passé une main dans ses cheveux en bataille.

– Faut désactiver le programme… a-t-elle marmonné.

Une réponse qui était loin de me satisfaire.

– Et comment on fait ça ?

Elle a ouvert les yeux. Elle avait bien dû deviner

à mon ton qu'il se passait quelque chose. Elle m'a regardé bizarrement, sans poser de question, avant de reprendre ses explications.

– J'imagine qu'en plaçant sous surveillance les nanobots de nos endormis, là, on devrait finir par repérer l'une ou l'autre des zones d'émission du programme E-den, celui qui alimente les comateux en images et en données sur l'évolution logique du monde…

– Et… ? j'ai fait, nerveux.

– Et ensuite, en isolant ces zones d'émissions, on devrait probablement parvenir, par recoupements, à identifier la centrale, la zone mère d'où partent les émissions, la zone où est géré le programme…

– Bon, tu peux me faire ça pour quand ?

Elle m'a observé de plus près.

– Serge, pour ça, il faut des équipements de détection ultra-sophistiqués, entre les pattes de vrais spécialistes de lutte contre les programmes pirates. Il faudrait sûrement mettre en œuvre un satellite… Enfin, il faudrait…

– Quand ?

Elle a haussé les épaules.

– Deux mois, au moins…

– Trop long, j'ai grogné.

Elle s'est levée, lentement, s'est étirée et, maîtrisant un bâillement, a ajouté :

– Il y aurait bien un autre moyen…

– Lequel ? j'ai soufflé en avançant sur elle.

– Il est possible de désactiver le programme de l'intérieur. Je connais les codes qui permettent d'accéder au logiciel système une fois qu'on est là-bas, dans l'E-den. L'ennui, c'est que…

– Accouche, Sylvia, c'est quoi, le problème ?

– C'est risqué, c'est tout, a-t-elle dit en se rasseyant sur son lit.

– Pourquoi ?

– Parce que le seul moyen de le faire, c'est que quelqu'un prenne de l'E-den pour se retrouver de l'autre côté ! De se shooter, quoi !

J'ai réfléchi à la vitesse de la lumière. De toute façon, je n'avais pas le choix.

– Bon. Donne-moi tes foutus codes et dis-moi ce qu'il faut faire… Je vais y aller !

Elle n'a pas protesté, mais s'est contentée de m'expliquer que même cette solution-là nous prendrait au moins une bonne semaine.

Pour commencer, il va falloir que nous déménagions. Direction un autre labo de l'AZ-VUB, équipé d'une chambre stérile. Parce que m'envoyer dans l'E-den, ce n'est pas compliqué. Il suffit de se procurer une première dose. Nous avons déjà mis nos contacts sur le coup, et la dose en question devrait nous être fournie très rapidement. En revanche, et c'est là que les choses vont devenir plus subtiles, une fois qu'on aura la dose, il faudra que Sylvia s'active à en extirper les nanobots, pour les identifier. Ensuite, une fois qu'elle aura repéré ceux qui s'occupent de la zone auditive, elle devra les trafiquer pour qu'ils puissent jouer le rôle d'émetteur-récepteur entre elle et moi. Puisqu'en fait, elle a l'intention de me guider. Ce qui, d'un certain côté, me rassurerait presque. Tant qu'elle sera occupée à me diriger dans ce qu'elle sait des entrailles de l'E-den, elle ne pensera pas à nous fausser compagnie. Sans me laisser attendrir, je me dis même que si tout ça ne se termine pas trop mal, si je réussis à récupérer mon gosse, je me débrouillerai pour la tirer des griffes de la Katorga pour qu'elle aille purger le reste de sa peine dans une prison trois étoiles.

En attendant, pour effectuer des manipulations aussi pointues, des manipulations qu'elle affirme être capable de réaliser, elle a besoin d'un espace stérile et de machines pouvant travailler à l'échelle nanométrique. C'est ça qui va prendre du temps, bien sûr. Mais elle est sûre d'elle : dans une semaine, m'a-t-elle garanti, elle sera prête à m'injecter une dose truquée d'E-den. Dès que je serai de l'autre côté, elle sera en liaison audio avec moi et elle me guidera. D'après elle, l'ensemble de la procédure ne devra pas durer plus d'une quinzaine de minutes. Quant à l'injection d'E-den, elle sera pour moi sans danger, puisqu'un quart d'heure plus tard à peine, le programme sera désactivé.

Pour ce qui est de nos comateux, surtout ceux qui sont partis depuis très longtemps, elle se refuse à être catégorique. Elle pense que la plupart se réveilleront, mais elle n'en est pas certaine à cent pour cent. Peu importe, c'est tout ce que j'ai pour sauver Goran.

# 28

**Serge – 10/05**

Huit jours. Huit jours que Goran est dans le coma. Et six qu'il est installé avec les autres dans les salles de l'AZ-VUB de Bruxelles. Mais cette fois, ça y est, dans quelques minutes peut-être, je vais à mon tour effectuer le voyage vers l'E-den. Un voyage que j'espère aussi bref que possible…

J'ai beau être toujours méfiant, je suis obligé de reconnaître que Sylvia s'est vraiment donnée à fond pendant cette semaine. Elle est restée confinée dans son laboratoire d'un blanc immaculé, presque aveuglant, emmitouflée dans une épaisse combinaison, ne sortant que pour de rares pauses, pour grignoter un morceau ou dormir un peu. Elle a même fini par m'en dire plus sur ses liens avec le réseau qui est derrière l'E-den.

En fait, au moment de l'affaire Warsteiner, elle était déjà impliquée dans l'élaboration de ce projet monstrueux. Elle m'a répété que c'était en grande partie elle qui avait eu l'idée de départ, et je veux bien la croire : l'idée est suffisamment tordue pour être née de son cerveau machiavélique. Alors qu'elle était occupée à m'utiliser pour se venger du fameux Warsteiner, patron encombrant qui, non content de l'exploiter, lui avait fait subir des violences à plusieurs reprises, ma chère Sylvia planchait sur le concept d'une drogue susceptible d'accrocher le « client » dès la première prise en lui implantant littéralement un système de lecture VR dans le crâne. L'effet secondaire du coma en cas de prises trop rapprochées avait été découvert dès les premiers tests, et elle travaillait sur un moyen d'y remédier quand elle avait été arrêtée en Russie, apparemment dénoncée par les commanditaires de l'E-den. Depuis, ils avaient mis le produit en circulation sans le modifier, visiblement, et les cas de coma avaient commencé à se multiplier.

Une fois de plus, Sylvia avait donc un compte à régler avec des gens qui l'avaient trahie, ce qui me rendait nerveux. Car la dernière fois qu'elle avait voulu prendre sa revanche, elle m'avait proprement embobiné, et ça c'était très mal terminé.

Mais qu'importe. Une seule chose compte pour moi : arracher Goran à cette toile d'araignée infernale, même si je ne suis pas très sûr d'avoir compris comment le plan de Sylvia va opérer. D'après ce qu'elle m'a expliqué, en entrant, par mon biais, une série de codes, on devrait entraîner un plantage général du système, ce qui provoquera une déconnexion des nanobots qui saturent en ce moment même les sens de nos endormis. Lesquels, théoriquement, devraient sortir du coma. *Théoriquement.*

Après avoir passé des journées entières penchée sur ses microscopes à effet tunnel pour pouvoir trafiquer les nanobots qu'elle ne va pas tarder à m'injecter, Sylvia nous a enfin annoncé ce matin qu'elle avait terminé. Certes, elle n'a pas eu le temps de procéder à tous les tests nécessaires, mais elle est sûre d'une chose : dès que je serai parti dans l'E-den, elle pourra communiquer avec moi. Et surtout, je pourrai communiquer avec elle. Elle affirme avoir réussi à intervenir sur la protéine de synthèse de la dose et à en avoir atténué l'impact. Par conséquent, au lieu de sombrer dans l'inconscient, je devrais plutôt me retrouver dans un état de transe hypnotique, ce qui me permettra de lui parler pour lui décrire où je me trouve « de l'autre côté ».

Je suis mort de trouille, il y a tellement d'inconnues dans cette équation. Mais en même temps, je serai bientôt en mesure d'agir, en mesure de me battre pour tirer mon gosse de cette horreur. Alors, le jeu en vaut la chandelle, non ?

Cette fois, ça y était. Encore quelques minutes et j'allais m'asseoir sur un fauteuil où on allait m'attacher pour éviter que je me blesse quand je serais drogué. Sylvia, qui avait abandonné sa combinaison blanche pour son tailleur gris, ne souriait pas. Elle avait même l'air grave. Pourtant, je savais qu'elle devait ricaner intérieurement. Quand j'étais venu la chercher à la Katorga, c'était elle qui était sanglée sur un fauteuil. Et là, ç'allait être mon tour.

Norah était là, bien sûr. Elle avait plusieurs fois

essayé de me dire quelque chose pendant cette semaine, quand elle n'était pas au chevet de Goran ou en train de surveiller notre « scientifique », mais nous n'avons pas vraiment eu le temps de bavarder. Je lui ai confié une tâche essentielle, ce soir. Elle doit veiller à ce que Sylvia ne profite pas de ce que je serai en transe pour filer. Elle ne sera pas seule. Les Belges nous ont mis une dizaine d'inspecteurs à disposition, sans parler de l'équipe médicale chargée de me ranimer si jamais la situation nous échappe.

Je me sentais bizarre. C'était la première fois que je partais en mission assis dans un fauteuil. Moi qui n'aimais pas trop les jeux en VR… En même temps, alors que les secondes défilaient, je sentais l'impatience me ronger.

– Serge…

C'était Norah, et j'ai eu envie de la prendre dans mes bras, de la serrer contre moi. Je m'apercevais soudain à quel point elle comptait pour moi. Je ne m'expliquais pas bien ce sentiment mais je me jurais de lui parler dès que je serais revenu, avec mon fils !

Elle m'a regardé avec intensité, et j'ai eu du mal à supporter l'angoisse que je lisais dans ses grands yeux noirs.

– T'inquiète… j'ai bredouillé. Ça va aller…

Elle m'a pris par le bras et m'a entraîné vers le fauteuil bleu orné de métal qui trônait au centre du labo. Tout autour, les flics belges s'étaient déployés. Derrière eux, les médecins, en blouse blanche, discutaient à voix basse.

Sylvia m'attendait, debout à côté du fauteuil. Un infirmier se tenait près d'elle : c'était lui qui avait la pisto-seringue et qui allait me faire l'injection. Elle avait refusé de me piquer, sans que je comprenne trop pourquoi. Peut-être pour me montrer que je pouvais avoir confiance en elle ?

Elle a posé une main sur mon épaule et m'a fait asseoir. J'ai cligné des yeux, gêné par l'éclat du plafonnier.

– On va te placer des capteurs, pour le rythme cardiaque, la respiration, plus un oniromètre. En fonction des relevés, je saurai immédiatement quand tu es passé de l'autre côté, et quand je peux commencer à te guider, OK ?

La bouche sèche, j'ai hoché lentement la tête.

– Alors, si tout le monde est d'accord, on va y aller, a-t-elle déclaré d'une voix froide.

J'ai senti la main de Norah se refermer sur la mienne. Des infirmiers m'ont posé des petits trucs glacés sur le front, le cou et les poignets. Puis Sylvia est réapparue dans mon champ de vision.

– Tu es prêt, mon grand ?

Non, bien sûr, mais j'ai répondu que oui d'un nouveau hochement de tête.

– Alors, ferme les yeux, et à tout de suite…

La dernière chose que j'ai vue, c'est son sourire, qui était brutalement revenu et qui ne cessait de s'élargir…

# 29

Quand il rouvre les yeux, le corps secoué d'un dernier spasme, il sent ses jambes se dérober sous lui au moment où des mains lui saisissent les bras pour le soutenir.

– Bienvenue, Serge Poiret, lui dit une douce voix féminine. Asseyez-vous un instant et respirez lentement…

Serge s'assied sur le fauteuil qu'on lui présente. Il n'y a que du blanc autour de lui, mis à part deux créatures à la beauté parfaite. Trop parfaite, Serge en a conscience. Elles lui sourient, et il se retient de répondre à leur suave amabilité. D'instinct, il sait qu'il doit résister aux charmes de ce monde artificiel, et que ce ne sera pas facile.

– Allez ! Bouge tes fesses ! entend-il soudain dans sa tête. Tu n'es pas venu ici pour draguer des programmes informatiques !

Serge se lève, rassuré, soudain, de se savoir « accompagné », même par Sylvia.

– Vous êtes prêt, Serge Poiret ? demandent alors les deux hôtesses.

– Je suis prêt, répond Serge d'une voix déterminée.

Et E-den jaillit autour de lui.

– Nom de Dieu ! lâche Serge pour lui-même, subjugué par la beauté et le réalisme du monde qui l'entoure.

– Ne te fais pas avoir, lui glisse Sylvia par l'intermédiaire du nanobot trafiqué implanté dans son aire auditive. Tout ça n'existe pas. Ce ne sont que des combinaisons de chiffres habilement maquillées.

– C'est si beau, tellement beau ! Ça a l'air tellement vrai, Sylvia !

– Tellement, oui, que ton gamin est dans le coma ! N'oublie pas ça !

Serge ne l'oublie pas. Surtout que la voix de Sylvia a pris une qualité métallique qui semble résonner sèchement dans son corps. Une impression désagréable qui l'oblige à rester concentré.

Retrouvant soudain pied, il prend une profonde inspiration et ne peut s'empêcher de savourer malgré lui la douceur de l'air qui pénètre son corps.

– Bon ! Je fais quoi, maintenant ? demande-t-il à Sylvia.

– Tu es où, là ? Décris-moi ce qu'il y a autour de toi.

– Une grande place. Un guichet au milieu, circulaire, avec des hôtesses. Autour il y a des pelouses, et des arbres en fleurs. Et un ciel si bleu…

– OK. C'est le portail.

– Le portail ?

– L'accueil, si tu veux. C'est par là qu'on arrive. Va vers une hôtesse, n'importe laquelle.

Serge s'avance et sourit à une hôtesse incroyablement belle.

– Que cherchez-vous ici, Serge Poiret ? lui demande-t-elle d'une voix pénétrante.

– 2781#XHMP//W6700, glisse Sylvia à l'oreille de Serge.

– Quoi ? s'étonne l'agent fédéral.

– Pardon ? prononce l'hôtesse en souriant de toutes ses dents parfaitement plantées.

– Répète après moi, lui ordonne Sylvia. 2781…

– 2781…

– Dièse XHMP…

– Dièse XHMP…

– Antislash, antislash W6700…

Dès que Serge répète ces derniers chiffres, l'hôtesse ferme les yeux et, brusquement, la ville se meut en un gigantesque réseau de circuits informatiques, de combinaisons de chiffres, de fibres optiques et autres composants sur lesquels Serge Poiret est bien incapable de mettre un nom.

– Je suis où, là ? demande-t-il à Sylvia, un peu étourdi.

– Au cœur du programme… si je ne me suis pas trompée, répond la voix dans sa tête.

– Mais c'est immense !

– Non. Ça n'a pas de dimensions réelles. Toi non plus, d'ailleurs. Je te rappelle qu'en ce moment, tu es attaché dans un fauteuil sous mes yeux.

Serge a besoin de faire un effort pour se persuader qu'effectivement, ce qu'il est en train de vivre ne se passe que dans sa tête.

– Ton corps est ici, Serge. Pas mal, d'ailleurs…

pour un flic qui passe son temps dans des bureaux et des voitures !

Agacé par l'allusion de Sylvia, Serge fait quelques pas dans ce nouveau décor blanc et argent qui s'étend à perte de vue. Un monde de lumière.

– Et maintenant ? demande-t-il enfin.

– Maintenant, on va commencer par désactiver le programme de Goran. C'est pour ça que tu es là, non ?

Bien sûr qu'il est là pour Goran. Et pour les autres aussi.

– Et je fais comment ?

– Si ces abrutis n'ont rien changé à mon système, ce que je pense, vu leur misérable quotient intellectuel, c'est on ne peut plus simple. Il doit y avoir des sortes de lecteurs, comme une grande bibliothèque…

– Il n'y a que ça ! Des milliers, des murs entiers ! Un monde de lecteurs de fichiers…

– Chacun correspond à un utilisateur de l'E-den.

– Mais comment veux-tu que je trouve le bon, c'est…

– Calme-toi, Serge. Oublie ce que tu connais du monde. Tu es dans l'E-den. Pense à ce que tu cherches, et ça viendra à toi.

Serge ne comprend pas.

– Pense à Goran, Serge. Goran Poiret.

Se sentant un peu idiot, Serge se répète le prénom et le nom de son fils dans sa tête, et soudain, juste devant lui, à portée de main, un lecteur sort de son logement.

– Alors ? interroge Sylvia.

– Il y a un lecteur qui…

– Prends le DVD qui est dedans. C'est le programme de Goran.

Serge prend le minidisque dans sa main et attend de nouvelles consignes.

– Répète après moi : CLV12INSHRD44.

Serge répète cette combinaison, et un clavier informatique se matérialise devant lui.

– Tu vois le clavier ?

– Oui.

– Les crétins ! Pas même foutus de changer un seul détail de mon programme ! C'est presque trop facile… Tape ce que je te dicte.

Sylvia se met à dicter une longue suite de chiffres et de lettres que Serge tape aussitôt sur le clavier informatique apparu devant lui.

– *Enter…*

Serge presse la touche *Enter* et, aussitôt, un nouveau lecteur s'extirpe du mur de lumière.

– Glisse le disquc dc Goran.

Serge s'exécute et le disque est aussitôt avalé par le lecteur.

– Bon. On retourne au clavier, maintenant. Tape SylCorso32/autoD-axs.exe.

Serge tape ce nouveau code.

– Ça me demande confirmation.

– Alors, confirme ! dit Sylvia d'une voix dans laquelle Serge perçoit un mélange de haine et de joie.

Il tape le code une seconde fois, et aussitôt, une alarme se met à sonner.

Au même instant, Goran sent un grand vide en lui, un gouffre qui s'ouvre, la prémonition d'une catastrophe à laquelle il est étroitement lié. Sa silhouette se trouble un instant, se fragmente.

– Goran ! Qu'est-ce qui t'arrive ? lui demande Mel.

– Je sais pas. C'est bizarre.

– On aurait dit que tu disparaissais…

– C'est comme si quelque chose déconnait en moi. Une sorte de bug…

Les deux adolescents sont dans le parc aux mimosas, et ils perçoivent une légère altération dans le ciel. Son bleu est devenu plus bleu. Trop bleu.

– SYLVIA ! crie Serge pour la troisième fois. SYLVIA !

Mais Sylvia ne répond pas, et Serge comprend qu'une fois de plus, la scientifique s'est jouée de lui. Depuis son arrivée dans l'E-den, il n'a été que le bras armé de sa vengeance. Sylvia, sous prétexte de sauver Goran, vient d'enclencher l'autodestruction de l'E-den, ce monde qu'elle a créé des années plus tôt et qu'elle s'est fait voler. Il ne sait pas encore ce que ses ruses diaboliques ont pu déclencher. En revanche, il ne sait qu'une chose : il est inutile de moisir ici.

Les alarmes hurlent aux oreilles de l'agent fédéral. Mais résonne encore plus fort dans sa tête le prénom de celui qu'il doit sauver, le prénom de son fils : Goran.

# 30

Serge prend une grande inspiration pour tenter de retrouver son calme. Il pense au portail, cette place qui sert d'accueil au paradis artificiel qu'est E-den. Enfin, la ville se matérialise autour de lui, et le père de Goran y perçoit une sensible altération, une fébrilité nouvelle, invisible au premier regard, mais pourtant là.

– Monsieur Poiret !

Serge se retourne et voit un groupe d'adolescents s'approcher de lui. Deux filles et quatre garçons, dont un, celui qui vient de l'interpeller, lui rappelle quelqu'un.

– Péri. C'est moi, Périclès !

Maintenant, Serge reconnaît le meilleur ami de son fils, même s'il est plus grand que nature, plus beau, et qu'il porte les cheveux mi-longs retenus par un bandeau noir, comme ses compagnons.

– Péri ! Mais qu'est-ce que tu fais là ? Toi aussi, tu…

– Non… Enfin… Ce n'est pas ce que vous croyez.

– Et c'est quoi, cette tenue ? Pourquoi vous êtes tous en noir ?

– Vous connaissez Marie, Aïcha, Samy, William et Jorn ?

– Euh…

– On est en classe avec Goran. On est un groupe de… enfin, de hackers, si vous voulez.

– Des hackers ?

– Oui. On cherche le moyen de détruire cette salop… Ce… L'E-den, quoi.

Surpris, l'agent fédéral ne peut s'empêcher de se faire la réflexion que, décidément, tout le monde connaissait cette nouvelle drogue sauf lui, le grand spécialiste de la lutte contre les stupéfiants.

– Et pour ça, vous n'avez rien trouvé de mieux que de vous shooter ?

– Impossible d'agir de l'extérieur. E-den est commandé de l'intérieur. Ça fait plusieurs fois qu'on vient, et…

– Plusieurs fois ?

– Oui, mais c'est sans danger si on espace les doses, et…

Péri s'interrompt en voyant deux voitures se traverser l'une l'autre sans un bruit alors que leur collision aurait dû causer un grand choc. Bien que surpris par ce bug, il poursuit :

– On est sûrs que le cœur du programme se trouve dans l'E-den. Ici même. On ne l'a pas encore trouvé, mais…

Serge l'interrompt d'une main levée.

– Ne cherchez plus.

Les jeunes gens se regardent, étonnés.

– J’en reviens, du cœur du programme…

– Quoi ?

Péri en reste stupéfait.

Serge n’est pas certain de bien comprendre ce qui lui arrive depuis que l’infirmier lui a injecté la dose d’E-den. Peut-être ce qu’il vit n’est-il qu’une illusion ? Même la présence de Péri et de ses camarades ? Il n’est plus très sûr de ce qu’il a fait quand il se trouvait au cœur du programme. Le « disque » qu’il a inséré dans un « lecteur », conformément aux consignes de Sylvia, tout cela n’était que virtuel. En fait, il ne sait absolument pas ce qu’il a déclenché.

À ce moment, une averse violente déferle sur la ville. Les passants s’immobilisent, sidérés de voir la pluie tomber pour la première fois sur E-den. Serge lève les yeux vers le ciel et le trouve d’un bleu immaculé. Pas un nuage pour justifier l’averse.

Visiblement, l’univers policé et d’une esthétique parfaite présente quelques petits problèmes de logique. Serge se dit que ces phénomènes ne doivent pas être étrangers aux manipulations qu’il a effectuées sous les ordres de Sylvia.

– Ça commence à se détraquer. D’ici peu, ce paradis sera un véritable enfer… dit-il pour lui-même. Péri ! Il faut que je trouve Goran au plus vite. Vous allez m’aider, vous six.

Un coup d’œil vers le guichet circulaire du portail montre à Serge à quel point la face visible d’E-den se transforme vite. Les regards des hôtesses sont braqués sur lui, et leurs visages à la beauté parfaite sont devenus autant de masques de haine.

Serge Poiret n'ayant pas le temps d'apprendre à maîtriser les techniques de déplacement par la pensée, le groupe se met à courir dans les rues de la ville. En piratant une borne d'énergie, Jorn réussit à trouver sans difficulté l'adresse de Mel Gréhant, là où, à coup sûr, Péri et ses acolytes pensent trouver Goran. Se pressant parmi une foule de plus en plus déroutée par les premiers ratés de l'E-den, Serge ne peut s'empêcher de repasser dans sa tête les événements qui ont mené son fils à faire une overdose. Ce jour où ils auraient dû partir en vacances à Dinard et où Goran avait finalement vu le corps de Mélanie, puis ses absences, cette enquête qui les avait tenus éloignés, au point de se perdre si tragiquement. Comment n'avait-il pas vu, pas compris, la fascination de son fils pour la fille de Maxime Gréhant ? Comment avait-il fait pour être aussi aveugle ?

– ATTENTION ! crie Marie à Serge qui sort aussitôt de ses sombres pensées.

Devant lui, un gouffre vient de se former dans le trottoir, comme une plaie béante ouvrant sur le néant. Serge a juste le temps de stopper, alors que plusieurs passants sont précipités dans ce puits sans fond, disparaissant en criant pour une chute éternelle.

Serge reprend son souffle, le cœur affolé.

– On approche, lui glisse Péri pour le réconforter. Vous voyez, là-bas, la colline, avec les arbres jaunes ? La maison est juste en haut.

Serge lève son regard vers le sommet de la colline qui se dessine derrière les buildings de la ville et se demande un instant ce qui le gêne dans cette vision.

– Les étoiles ! s'exclame William.

Et Serge comprend à la seconde ce qui ne va pas : le ciel est d'un bleu intense de plein jour, mais aussi pigmenté d'étoiles qu'une nuit d'été. E-den se détériore à grande vitesse.

Après avoir couru à travers les mimosas d'où s'échappe un incongru parfum de café, à bout de souffle, le groupe arrive enfin en haut de la colline. Au bas d'Evergreen, la mer est d'un violet intense, inquiétant. Sur la langue de sable que lèchent des vagues malsaines, huit mastodontes sont échoués. Huit baleines à l'agonie.

Serge s'avance le premier vers la maison et veut frapper à la porte. Mais sa main traverse le bois comme elle le ferait d'un rideau de pluie. Serge hésite puis s'avance. Il se retrouve aussitôt à l'intérieur de la maison et voit Goran, allongé sur un canapé, Mélanie Gréhant à genoux à ses côtés. Le garçon est d'une pâleur alarmante, un teint de mort qui frappe son père au plus profond du cœur.

– Goran ! appelle-t-il en se précipitant vers son fils.

Goran lève un regard fiévreux vers son père et lui sourit.

– Monsieur Poiret ? demande Mel. Il faut faire quelque chose, Goran ne va pas bien. Ça l'a pris tout à coup !

– Je suis là, Goran.

– Papa, lâche le garçon d'une voix tremblante.

– Papa est là, mon fils. Je vais te sortir de là.

Debout derrière Serge, Péri et sa bande n'osent pas faire un geste. C'est alors qu'une femme entre dans la pièce. Pour avoir vu son portrait chez Maxime Gréhant, Serge reconnaît immédiatement l'épouse défunte du politicien. Elle s'avance vers Goran avec un large sourire qui se transforme soudain en immonde grimace. Serge a juste le temps de voir briller la lame du couteau qu'elle brandit. Il se redresse d'un bond et frappe la femme de toutes ses forces avant qu'elle n'ait le temps de poignarder son fils. Mme Gréhant s'affale au sol, un sang noir s'écoulant de son nez brisé.

– MAMAN ! hurle Mel en se précipitant vers la réplique de sa mère.

– C'est le programme qui déconne, dit alors Péri avec un curieux détachement.

– Comment ça ? lui demande Serge en aidant son fils affaibli par la fièvre à s'extirper du canapé.

– Cette femme, ce n'est qu'un programme, alors elle bugue, comme le reste !

Mais Serge sait que la vérité est bien pire. Il se revoit, suivant les directives de Sylvia, introduire le disque du programme de Goran dans le lecteur d'autodestruction. Dès lors, pour l'E-den, Goran est devenu un virus à combattre, et l'attaque de Mme Gréhant n'est sans doute que la première d'une longue série.

# 31

Goran tient difficilement sur ses pieds.

– Qu'est-ce qui m'arrive, papa ?

– Antivirus. Trop long à t'expliquer, mais tu es en train de subir l'attaque des antivirus de l'E-den. Il faut qu'on sorte de là au plus vite.

– Mais il n'y a pas de sortie !

– Si. Il doit y en avoir une. Il y a toujours un moyen, Goran. Tu me crois ?

– Oui.

Serge se tourne vers Péri qui semble effondré de voir son ami dans un si piètre état.

– Péri, avant qu'on parte, prenez tout ce qui peut ressembler à une arme dans la maison.

– Une arme ?

– Des couteaux, des bâtons, je ne sais pas… N'importe quoi pouvant servir à se défendre.

– Mais pourquoi ?

– Discute pas. Dépêchez-vous !

Le regard de Serge tombe alors sur Mel, à genoux, en larmes près de la réplique inanimée de sa mère.

– Mélanie…

La jeune fille lève vers Serge un regard baigné de larmes.

– Mélanie, ce n'est pas ta mère. Tu le sais.

Mel ne répond pas, prête à mourir car ce qui faisait sa vie vient de s'écrouler.

– Mel, ta mère est morte il y a deux ans. Ta vie t'attend dehors. Ton père. Goran t'attend dehors. Tu ne peux pas toujours fuir. Il n'est plus temps de fuir, maintenant.

Péri et ses compagnons reviennent de différentes pièces de la maison armés de longs couteaux de cuisine, de simples morceaux de meuble en guise de gourdin, d'un pied de lit en métal…

– Regardez ce que j'ai trouvé ! crie la jeune Aïcha en brandissant un revolver digne des vieux films du XX^e siècle.

– C'est à mon père, dit alors Mel d'une voix sourde. Enfin c'est une réplique. Je n'ai jamais compris pourquoi il le gardait à la maison, ce truc…

– Il est chargé ? demande Péri.

– Oui.

– Alors il est pour moi, déclare Serge en tendant la main vers Aïcha.

– Mais, c'est moi qui l'ai trouvé ! s'indigne la jeune fille.

– Oui, mais c'est moi l'adulte, et c'est moi le flic. C'est peut-être injuste, mais c'est comme ça.

À contrecœur, Aïcha donne l'arme au père de Goran et se console du couteau que lui confie Péri.

– Pourquoi ces armes, papa ? demande Goran.

– J'ai peur que ce qu'on va trouver dehors ne

soit pas très joli à voir, Goran. Il faut qu'on sorte de ce monde, mais il ne va pas nous laisser faire sans se défendre. Ça va aller ? Tu es prêt ?

– Oui, mais j'ai soif.

– C'est la fièvre. Samy ! Tu peux aller chercher un verre d'eau, s'il te plaît ?

Samy file aussitôt vers la cuisine.

– Ça va aller, Goran.

– Papa… hésite le garçon.

– Quoi ?

– Pardon…

– Laisse tomber. C'est moi. J'aurais dû être là, Goran. J'aurais dû être là pour toi.

Goran regarde son père, ses yeux douloureux au bord des larmes.

– Tu es là, papa.

Samy revient avec un verre d'eau qu'il tend à Goran. Pris d'une soudaine intuition, Serge arrête son fils au moment où il porte le liquide à ses lèvres.

– Attends !

Serge hume le verre et grimace sous l'assaut d'une odeur chimique, un parfum de mort. Il vide aussitôt le breuvage sur le sol.

– Du poison ! Ce monde essaie de te tuer ! Tu dois te méfier de tout ! De tout !

Comme lui-même aurait dû se méfier davantage de Sylvia, ne peut-il s'empêcher de se répéter.

La troupe se dirige vers la porte de la maison mais la trouve verrouillée. Serge Poiret sent aussitôt une forte angoisse l'assaillir. Oppressé et soudain sans forces, il se dirige vers la porte vitrée menant à la terrasse qui domine la Whale Bay. Close également. C'est alors qu'il réalise qu'il est à bout de souffle et constate que ses compagnons semblent également avoir du mal à respirer. Marie, même, est à genoux, les mains autour de son cou.

– L'air ! dit-il d'une voix déjà faible. La maison veut nous étouffer. Il n'y a plus d'air !

Serge sursaute en entendant un grand bris de verre. Il se retourne et voit que Mel vient de jeter un fauteuil à travers la baie vitrée du salon. Aussitôt, l'air afflue dans la maison et s'engouffre dans leurs poumons au supplice. Pas l'air doux et pur auquel l'E-den les a habitués, ni celui, salin, enivrant, de la mer si proche, mais un air vicié, puant, un air de décomposition, un air qui, cependant, suffit à les ramener à la vie.

– Vite ! ordonne Serge. On y va !

Dehors, c'est l'apocalypse qui les attend.

# 32

Une lumière de fin du monde s'est étendue sur E-den. Dans le ciel, la lune, pleine, vient d'occulter le soleil. Et cette éclipse artificielle fait rejaillir les plus vieilles peurs des hommes, des superstitions antédiluviennes, des craintes terrées depuis des siècles mais prêtes à reprendre vie au moindre signe.

Les rues de la ville sont prises d'assaut par les consommateurs de l'E-den en proie à la panique. La foule court en désordre dans une seule direction : le portail. Tout le monde veut fuir ce monde en déroute, et pour cela, chacun est prêt au pire. Prêt à se battre, à piétiner. Prêt à tuer.

La place circulaire de l'accueil est déjà submergée. Personne ne veut admettre qu'il n'y a pas de sortie, et les hôtesses, pour repousser le flux grandissant de fuyards, n'hésitent pas à frapper, à mordre, à abattre. Poussés par la foule qui se presse toujours plus dense, les premiers arrivés sont compressés contre le guichet circulaire et meurent étouffés.

Alentour, dans certaines ruelles trop étroites, on se marche dessus. Les plus forts passent, les autres restent au sol, piétinés. Des voitures forcent le passage, montent sur les trottoirs, fauchent des vies et roulent sur des corps. Partout des cris, des larmes, des appels au secours qui restent sans réponse.

Et la ville qui s'écroule, des pans de murs s'effondrent et emportent des vies, des arbres s'abattent, des gouffres sans fond avalent les fuyards.

Dans le ciel, les oiseaux d'E-den tournent sans fin. C'est un monde entier qui disparaît, et le ciel obscur n'offre aucun refuge. Les élégantes silhouettes des volatiles de toutes tailles occultent les étoiles en une danse inutile et morbide. Parfois, une masse plus grande traverse lourdement les cieux, bête effrayante et mystérieuse échappée des sas à options, des mondes extérieurs, monstres auxquels ont donné vie les plus tortueuses des imaginations humaines.

À la lisière de la ville, au bas de la colline aux mimosas, Serge Poiret et les huit adolescents hésitent.

– C'est inutile, souffle Goran que soutiennent Péri et William. Il n'y a pas de sortie à l'accueil, on a déjà essayé.

Le chaos qui règne dans les rues de la cité en déroute n'a rien d'engageant. S'y jeter serait prendre trop de risques Se mêler à cette foule en perdition, un véritable suicide. Pourtant, Serge Poiret se refuse à attendre la mort sans rien essayer. Mais essayer quoi ? Aller où ? Comme les oiseaux dans le ciel, il se sent pris au piège d'un monde sans issue. Si seulement la voix de Sylvia lui parlait encore à l'oreille !

Sylvia. Elle doit être loin, maintenant, et au-delà de sa propre mort qu'il sent si proche, Serge regrette surtout de ne pouvoir se venger. Rien que pour pouvoir étrangler cette femme de ses mains, il se doit de sortir de ce cauchemar.

Du coin de l'œil, il aperçoit une silhouette qui approche à grande vitesse dans la lumière crépusculaire. Il se tourne et voit un homme gigantesque fondre en courant sur Goran, une hache brandie à bout de bras. Sans réfléchir, Serge sort le revolver de sa poche et tire à bout portant sur l'homme qui s'effondre aux pieds de son fils, le visage emporté par une balle. Ce que Serge vient d'abattre n'était pas vivant, il ne s'agissait que d'une réplique, d'un programme jailli des données les plus obscures de l'E-den, mais si réaliste que Serge sent la nausée le gagner.

– Il faut qu'on bouge, dit alors Péri. On fait une cible trop facile en restant sur place.

– On va où ? demande Marie.

– J'en sais rien, mais on bouge.

La troupe se remet en marche, laissant derrière elle le cadavre du géant.

Seulement quelques dizaines de mètres plus loin, un long sifflement se fait entendre. C'est Samy qui aperçoit le premier le volatile qui pique sur Goran. Il a au moins trois mètres d'envergure, et ses extrémités sont reliées par une peau qui ressemble à une voilure. Des serres aiguisées terminent ses pattes, et son bec gigantesque est ouvert, hérissé de dents. Il tombe comme une pierre sur le groupe. Samy brandit le pied de lit qu'il tient à la main en poussant des cris pour attirer son attention. Le garçon s'éloigne du groupe en gesticulant et, comprenant qu'il est parvenu à distraire le monstre, se prépare au choc. Il ferme les yeux et frappe de toutes ses forces. Mais une secousse d'une formidable violence le projette au sol. Sa tête cogne rudement contre une pierre mais il ne perd pas connaissance. Le monstre remonte dans les airs, s'immobilise, et s'apprête à attaquer de nouveau. Serge est maintenant au côté de Samy et l'aide à se relever. Le reptile volant leur pique dessus, Serge pointe son arme et tire deux fois. Deux fois au but, ce qui, pourtant, n'arrête pas la chute de la bête. Samy frappe encore mais manque son coup. Cette fois, il sent sa poitrine se déchirer sous l'assaut de l'animal sur lequel Serge tire une troisième fois. Le monstre prend la fuite, une masse sanguinolente dans les serres.

Marie court vers Samy. Le garçon est mort, les yeux ouverts et déformés par la peur, la poitrine ouverte, le cœur arraché.

La stupeur s'abat sur le groupe. Aïcha pousse un long cri de détresse, Marie se met à sangloter, Serge se laisse tomber assis dans l'herbe et Mel se prend la tête entre les mains.

– C'est ma faute, murmure Goran. C'est moi qu'il voulait.

Péri et William l'aident à s'asseoir par terre. Mel le rejoint et le serre dans ses bras. Goran se met à sangloter, parcouru de frissons de fièvre et de chagrin.

Au loin, la ville gronde en sombrant dans le chaos. La lueur d'incendies gigantesques illumine le ciel. On entend des cris, des râles, des explosions, le bruit d'immeubles qui s'effondrent. On entend la fin d'un monde.

Après quelques minutes de stupeur, Serge Poiret se relève. Seul adulte du groupe, il sait qu'il doit parvenir à trouver la force de guider ses jeunes compagnons. Mais les guider jusqu'où ?

Lentement, il s'approche de son fils qui est toujours dans les bras de Mel, et ce tableau le bouleverse. Il se souvient de son premier amour, à peu près au même âge que Goran, et des trésors de vie qu'il avait découverts dans les bras de cette fille qui lui avait ensuite brisé le cœur. Serge a soudain une conscience aiguë du temps passé, des années écoulées, de son propre vieillissement et de la position de Goran, au seuil de sa vie d'adulte. Puis, amer, il se dit qu'il est bien temps de penser à son fils maintenant qu'ils sont prisonniers d'un monde virtuel sur le point de les tuer.

Soudain, sa vue se trouble. Serge se frotte les yeux mais l'illusion persiste. Le corps de Mel devient transparent et disparaît.

– Mel ! MEL ! crie Goran.

Malgré sa faiblesse, Goran se lève, désemparé.

– Où est Mel ? demande Marie.

– J'en sais rien, elle…

– Elle a disparu, explique Serge. Je la regardais, et je l'ai vue disparaître.

– MEL !… NON ! hurle Goran avant de se laisser tomber à genoux.

– C'est peut-être bon signe ! déclare alors Péri.

– Comment ça, bon signe ? s'étonne Jorn.

– Elle est peut-être repartie dans le vrai monde ?

– Explique-toi, dit Serge en s'approchant du jeune homme.

Goran regarde son meilleur ami, une lueur d'espoir dans les yeux.

– Normalement, on ne sort de l'E-den que lorsque… lorsque le programme cesse d'émettre.

– Justement, l'interrompt Aïcha, Mel était en overdose, le programme est permanent !

Serge les écoute, fasciné, et se demande si Sylvia et les monstres qui pilotent ce réseau de cyberdrogue savent que des gamins, de simples gamins, ont déjà à peu près compris comment fonctionne leur enfer.

– D'accord, poursuit Péri, mais là, on n'est plus en temps normal. E-den est en train de se détruire, et le cœur du programme doit aussi être touché.

– D'après ce que je sais, intervient Serge, chaque victime est reliée au programme par des nanobots.

– Des quoi ?

– Des robots minuscules, si vous voulez. Dans la tête. Et si la connexion entre eux et le programme de gestion centrale de l'E-den est interrompue, les nanobots n'ont plus rien à retransmettre. Autrement dit, ils se mettent en rideau.

– Et Mel est repartie dans la vraie vie ? demande Goran.

– Euh… J'espère, répond Serge. J'espère vraiment…

Tous restent un moment silencieux pour bien mesurer les retombées de ces explications. C'est Serge qui reprend la parole en premier :

– Donc, ça veut dire que le seul moyen de sortir

d'ici est d'attendre que le programme cesse définitivement d'émettre… que nos nanobots s'arrêtent…

– Oui, répond Péri. Ce qu'il faut, c'est survivre jusque-là.

– Regardez ! s'exclame soudain William. Là-bas !

Au loin, sortant de la ville et marchant dans leur direction, des dizaines d'hôtes et d'hôtesses s'avancent, programmés pour la même tâche : tuer Goran.

# 33

– Vite ! crie Serge. Courez !

– Et Samy ? demande Marie en regardant le cadavre de son ami.

– Pas le temps. Il faut fuir. Il faut tenir bon. Il faut qu'on tienne ! On le doit à Samy.

La troupe se met à courir, Serge et Péri aidant Goran qui puise dans ses dernières forces.

– Ça mène où, par là ? demande Serge à Péri.

– Au port.

Derrière eux, le commando de l'E-den les prend en chasse.

Le port de la ville est un très vaste arc de cercle bordé d'immeubles en verre dont plus une vitre n'est intacte. Là aussi, une foule anxieuse se presse. Des hommes et des femmes qui, instinctivement, comme toujours depuis l'aube de l'humanité, voient en la mer une porte ouverte sur la vie, sur un ailleurs, sur un ultime refuge. Mais la mer de l'E-den n'est rien de plus qu'un leurre à l'agonie. Pourtant, Serge, puisqu'il veut croire à la théorie de Péri, sait qu'elle pourrait leur offrir une chance. L'opportunité de se mettre à l'abri de leurs poursuivants, le temps que chacun soit rappelé à la réalité. Pour cela, il faudrait un bateau, or plus une seule embarcation n'est à quai, toutes au large, surchargées de fuyards, flottant lourdement sur l'eau calme qui se meurt en prenant une teinte d'un violet de plus en plus profond.

– Marie ! appelle soudain William en voyant son amie disparaître.

Le cœur serré, Serge espère qu'au même moment Marie est bien en train de se réveiller dans le vrai monde. Soudain, c'est Péri qui se sent partir. Pris de panique, il regarde Goran et lève la main en signe d'adieu. Un instant après, il n'est plus.

Alors que Serge voit déboucher leurs poursuivants au bout du quai, il entend un bruit derrière lui. Un bruit de moteur, lui semble-t-il. L'agent fédéral se tourne et voit un bateau lancé à grande vitesse.

– Aïcha ! crie-t-il aussitôt. Prends ça !

Il lance son revolver à la jeune fille qui le rattrape habilement.

– Il reste deux balles. Battez-vous jusqu'au bout !

Et Serge se met à courir le long du quai, le regard fixé sur l'embarcation qui approche, pilotée par un seul homme. Sans plus réfléchir, s'en remettant au destin, il saute et se sent voler pendant un temps qui lui semble une éternité. Il retombe enfin lourdement dans le bateau, une douleur fulgurante lui irradiant la jambe gauche. Le pilote du bateau accuse un moment de stupeur dont Serge profite aussitôt. Cet homme n'est pas une réplique, un programme, mais bien un être humain en train de fuir E-den. Pourtant, Serge sait qu'il est prêt à le tuer. Serge sait qu'il est prêt à donner la mort pour sauver son fils. Il l'a toujours su, d'ailleurs, comme un instinct de plus, venu le jour de la naissance de Goran, la première fois qu'il l'a tenu dans ses bras. Et Serge, malgré sa jambe fracturée, se jette sur le pilote du bateau, le frappe de toutes ses forces et le précipite à la mer, à la mort.

Sur le quai, le combat est engagé. Les assaillants sont beaucoup trop nombreux, mais les adolescents se battent avec rage, la peur au ventre, la vie au ventre.

Aïcha a déjà abattu deux hôtes à bout portant. Elle se sert maintenant de son revolver telle une matraque et frappe avec hargne, puisant de l'énergie dans le bruit mat des os qui se brisent sous ses coups. Elle cogne, râlant, haletant, éblouie par la haine. William sort à peine son couteau de cuisine du ventre glacé et plat d'une hôtesse en furie qu'il le plonge dans la gorge de son voisin. Les mains et les avant-bras couverts d'un sang qui vire au vert, encore un bug, il frappe sans réfléchir, assoiffé de la mort de ses ennemis. Jorn, le pied de lit de Samy à la main, a déjà fauché trois de ces vies artificielles qui tendent toutes vers un seul but : s'emparer de Goran. Ce dernier, affaibli, a pourtant mis deux hôtesses hors d'état de nuire. Mais il sent que, déjà, ses compagnons se font déborder par le nombre.

– PAR ICI ! VITE !

Serge a repris les commandes du petit bateau à moteur qu'il maintient maintenant parallèle au quai.

– SAUTEZ ! VITE !

Aïcha réagit la première et saute du haut du quai sans hésiter, échappant de justesse à l'emprise d'un hôte qui tentait de l'étouffer. William aide Goran à s'approcher du quai pendant que Jorn fait tourner sa massue de fortune au-dessus de sa tête pour tenir les assaillants en respect. Goran s'assied sur le quai et se laisse enfin glisser. Aïcha le récupère dans le bateau. William saute à son tour.

– JORN ! À TOI !

Jorn ne sait plus où donner de la tête. Il frappe à l'aveuglette, seulement guidé par le bruit de son arme contre les visages de ses ennemis. Soudain, il lâche son pied de lit, se retourne, court, et saute sans même savoir où se trouve réellement le bateau.

Dans l'embarcation, tous les yeux se braquent sur lui, suspendu dans les airs entre le quai et le pont sur lequel il ne tombe jamais. Jorn disparaît en plein vol, rappelé à son tour vers un autre monde.

Aussitôt, Serge met les gaz et le bateau file vers le large.

Aïcha est la suivante à disparaître de l'E-den. Puis William, quelques secondes plus tard.

Goran et son père restent seuls sur le bateau. Ils sont maintenant si loin du quai et de la ville en flammes que Serge coupe le moteur.

Le silence s'établit autour d'eux. Le père et le fils ne disent rien. Ils laissent la paix revenir en eux au rythme lancinant du clapot de la mer à la surface de laquelle flottent des milliers de cadavres de poissons.

Goran ferme les yeux, si fatigué, si las de lutter

contre la fièvre. Il n'entend pas le grondement sourd qui s'approche dans son dos.

Serge sent la terreur lui saisir le cœur. Une vague, sortie de nulle part, fonce sur Goran. Une vague gigantesque, un mur d'eau au sein d'une mer d'huile. Il n'a pas le temps de crier que son fils est arraché au bateau, happé par la mer qui se referme aussitôt.

Au-delà de ses dernières forces, au-delà de ses dernières pensées, Serge, avec la sensation d'être sorti de son corps, se voit se lever et plonger. Sous l'eau, il nage droit devant lui et se rend à peine compte qu'il saisit Goran par un bras. Il remonte à la surface, et ce n'est qu'en sentant l'air sur ses joues qu'il comprend qu'il est encore en vie. Il soulève son fils, passe ses bras sous les siens, lui maintient la tête hors de l'eau et se met à lui parler comme il le faisait la nuit, des années plus tôt, quand il essayait d'apaiser ses cauchemars d'enfant.

– Ça va Goran… Ce n'est rien. Je suis là. Papa est là. Tout doux, Goran. Tout doux…

Et Serge sent le corps de son fils lui échapper, s'évanouir. Goran disparaît, comme ont disparu chacun de ses compagnons, et Serge se met à pleurer, ne sachant pas si c'est de joie ou de peine.

Seul maintenant au milieu des flots, il sanglote et attend. La mort ou la vie, il n'en sait rien. Il attend.

# 34

**Serge – 11/05**

Allongé dans mon lit d'hôpital à l'AZ-VUB de Bruxelles, je contemple mes mains. Elles tremblent encore. J'ai la tête lourde, un curieux goût métallique dans la bouche. Et surtout, surtout, je suis rompu de fatigue. Le moindre de mes muscles me hurle qu'il aimerait bien dormir. Je ne suis plus qu'une vaste courbature. Mais j'ai gagné !

Norah est là, à côté de moi. Épuisée, elle dort dans un fauteuil. C'est elle qui m'a tout raconté. Enfin tout ce qu'elle savait.

Apparemment, Sylvia avait effectivement trafiqué la protéine qui influe sur l'état conscient. Mais juste assez pour rester en contact avec moi pendant un petit quart d'heure. Le temps que je fasse ce qu'elle attendait de moi. Ensuite, je suis parti directement dans le coma, comme un overdosé. Aussitôt, dans le labo, ç'a été la panique. Norah n'a pas été en mesure de garder le contrôle de la situation. Mais personne ne l'aurait pu. Les médecins ont tenu à me ranimer, en vain, évidemment, et dans la cohue générale, Sylvia, cette chère et irremplaçable Sylvia Corso, s'est éclipsée. Un des flics belges l'a rattrapée. On l'a retrouvé assommé dans les toilettes, le collier hurleur qui braillait autour de son cou et la microbalise ensanglantée de Sylvia collée sur le front. Cette folle a réussi à se l'arracher avec un scalpel qu'elle avait dû subtiliser dans le labo. Ensuite, elle s'est volatilisée. Qui sait où elle peut se trouver aujourd'hui ? Surtout qu'à mon avis, elle n'est pas seulement traquée par les services européens et russes, mais aussi sûrement par les patrons de l'E-den qui ont bien dû comprendre que si leur joli parc d'attractions pour camés avait volé en éclats, ça ne pouvait être que grâce à elle. Je lui souhaite bien du plaisir. Et à eux aussi, d'ailleurs.

J'avoue qu'en fait, ça n'a plus grande importance. Pour l'instant, je me demande si je ne vais pas donner ma démission. Partir m'installer en Bretagne pas loin de chez mon père, avec Goran, histoire qu'on se retape et qu'on reparte sur de bonnes bases. La police, les drogues, j'en ai ma claque. Faudra que j'en parle à Norah, elle sera sûrement de bon conseil.

Avant d'envisager un exil en Bretagne, cependant, il faut que j'attende que Goran soit remis. Ce qui risque de prendre du temps…

D'après ce que m'a expliqué Norah, peu après ma plongée dans le coma et la disparition de Sylvia, l'étage du « Marché » a commencé à appeler les médecins et les policiers : les victimes de l'E-den sortaient de leur catalepsie l'une après l'autre ! Goran a été un des derniers, très affaibli, mais bien vivant. Seule ombre au tableau, cinq des pensionnaires du « Marché » ne se sont pas réveillés. Et ils ne se réveilleront plus jamais.

J'éprouve un sentiment de soulagement difficile à décrire. Une joie sereine que la fuite de Sylvia ne parviendra pas à entamer. Que d'autres que moi se mettent donc à lui courir après. Après tout, même si elle a essayé de nous tuer mon fils et moi, au passage, c'est quand même grâce à elle que toute cette horreur s'est arrêtée. Oh, bien sûr, je ne promets pas de ne pas l'étrangler sur place si jamais je lui tombe dessus par hasard ! Mais pour l'instant, j'ai mieux, beaucoup mieux à faire.

Je devrais quitter l'hôpital demain ou après-demain. En fait, je ne suis qu'en observation. Ils vérifient juste que ma virée dans l'apocalypse ne m'a pas laissé de lésions incurables à part une jambe cassée. Norah m'a raconté que Gréhant était passé me voir. Il a grommelé des trucs incohérents où il était vaguement question de félicitations en haut lieu, de décorations, puis il a filé voir sa fille. Je le comprends. Moi, je n'ai pas encore revu Goran, mais Norah fait la navette entre lui et moi. Il est conscient, très éprouvé, mais conscient. Que puis-je demander de plus ? J'ai récupéré ce que j'ai de plus cher au monde.

J'ai de la chance et je le sais. Car un peu partout dans la Fédération, il y a eu cette nuit des décès suspects, des gens qu'on a retrouvés morts chez eux. Une véritable épidémie, on en est déjà à une centaine de morts, des gens issus de tous les milieux, des toxicos avérés comme des personnalités respectables. Embolies, ruptures d'anévrisme, infarctus… Des victimes qui ne sont jamais revenues de la chute de l'E-den. Les autorités s'efforcent de calmer le jeu, mais Sylvia peut être fière d'elle, elle a fait très fort. Et je suis sûr qu'elle n'en espérait pas moins…

Goran n'en a certainement pas fini avec l'E-den. Les médecins et les psychologues parlent d'une longue période de désintoxication. En outre, il reste le problème des nanobots. Ils sont toujours là, chez tous les anciens consommateurs d'E-den. Ils sont toujours en moi. Désactivés, mais impossibles à extraire. Mieux vaut ne pas penser à ce qui pourrait se passer si quelqu'un trouvait le moyen de les réactiver. À croire qu'une fois qu'on a mis le pied dans le piège de la drogue, il en reste toujours quelque chose pour venir vous hanter.

Mais on n'en est pas là. Pour l'instant, ce cauchemar est terminé. Goran a encore des épreuves devant lui, à commencer par le retour à la vraie vie, sans parler du fait qu'il va devoir se débrouiller avec son sentiment de culpabilité.

Mais il est bien entouré. Il l'a toujours été, et maintenant, il le sera plus encore. Ses grands-parents vont l'épauler, Norah va l'aider, je lui fais confiance. Sa mère a également promis de ne plus le lâcher. Et puis il y a Mélanie, bien qu'à mon avis le père Gréhant ne vas pas tarder à trouver qu'un fils de flic qui fricote avec sa fille, ça fait mauvais genre, même un flic qui a sauvé son héritière !

Mélanie et Goran, ça durera ce que durent ces histoires-là, mais qu'ils en profitent.

Moi, je vais souffler un peu. Je suis tranquille, je sais que mon gosse surmontera ce qui l'attend. Il en est capable…

# 35

**Goran – 12/07**

La vie. Vaste programme.

Nous sommes une cinquantaine, ici, à tenter de réapprendre ce que ce mot veut dire. Cinquante overdosés de l'E-den. Cinquante survivants.

Péri est déjà reparti depuis plusieurs semaines. Sa désintoxication n'a pas pris longtemps. Pour Mel et moi, c'est une autre affaire.

Le Centre se trouve sur l'île de Ré, dans une ancienne prison. Drôle de symbole. Des lieux d'accueil comme celui-ci ont été créés en catastrophe un peu partout en Europe après la chute de l'E-den. Des programmes de rééducation à la vie ont été improvisés. Difficile d'admettre qu'à jamais le bleu sera moins bleu, les parfums plus fades, les nuits sans étoiles, l'air moins léger, le corps amputé des sensations intenses dont il débordait dans l'E-den. Difficile d'admettre que la vie soit moins vie, de se débarrasser de cette oppressante sensation d'inutilité de chaque seconde qui passe, de chaque geste à faire, chaque aliment à ingérer, chaque mot à prononcer. La vie. À quoi bon ?

À part pour l'enterrement de Samy, Mel et moi ne sommes encore jamais sortis de l'île de Ré. Nous éloigner de la mer nous semble toujours aussi insurmontable. Sa vue, son odeur, son chant sont les seuls éléments sur cette Terre qui nous rappellent un peu l'intensité de notre passage dans l'E-den.

Nos pères viennent nous voir le week-end, parfois ma mère, aussi. Mel refuse de parler à son père depuis qu'en prenant la destruction de l'E-den à son compte il s'est fait élire au poste de gouverneur de France.

Le week-end dernier, papa est venu avec Norah. Ils m'ont annoncé qu'ils avaient décidé de vivre ensemble. Ils étaient inquiets de savoir comment j'allais réagir. Comment aurais-je pu ne pas être heureux alors que j'attends ça depuis des années ? Savoir que Norah sera à la maison à mon retour m'aide un peu à penser à cet avenir qui me fait si peur.

Chaque après-midi, une fois notre si pénible programme de rééducation terminé, avec Mel, on se réfugie sur une plage. Notre plage. Elle se trouve sur la partie de l'île la plus exposée au vent, là où la mer est forte et sauvage. Nous nous allongeons sur le sable, face à face, tout près l'un de l'autre, et Mel nous recouvre d'une grande écharpe bleue qu'elle porte sans cesse. Une écharpe de la couleur de ses yeux dans l'E-den. Et nous restons ainsi des heures, à l'abri de notre bleu plus bleu, ne faisant qu'un, loin de tout, loin du monde. Notre amour, seul, a survécu à l'E-den. Sans doute, même, est-il plus fort ici que là-bas. Et ensemble, les yeux dans les yeux, la main dans la main, nous réapprenons à goûter le souffle de la vie. Infiniment.

CET OUVRAGE A ÉTÉ ACHEVÉ D'IMPRIMER SANS STUPÉFIANTS POUR LE COMPTE DES ÉDITIONS THIERRY MAGNIER PAR L'IMPRIMERIE TECHNIC IMPRIM À 91 LES ULIS EN AVRIL 2006 (5e ÉDITION) DÉPÔT LÉGAL : NOVEMBRE 2005

Imprimé en France